그레이트 코리아

GREAT
그레이트 코리아
KOREA

1판 1쇄 찍음 2014년 12월 15일
1판 1쇄 펴냄 2014년 12월 18일

지은이 | 정사부
펴낸이 | 정 필
펴낸곳 | 도서출판 뿔미디어

편집장 | 이재권
기획 · 편집 | 윤영상

출판등록 | 2002년 9월 11일 (제081-1-132호)
주소 | 경기도 부천시 원미구 소향로 17번길(두성프라자) 303호 (우)420-864
전화 | 032)651-6513 / 팩스 032)651-6094
E-mail | bbulmedia@hanmail.net
홈페이지 | http://bbulmedia.com

값 8,000원

ISBN 979-11-315-6127-0 04810
ISBN 979-11-315-6125-6 04810 (세트)

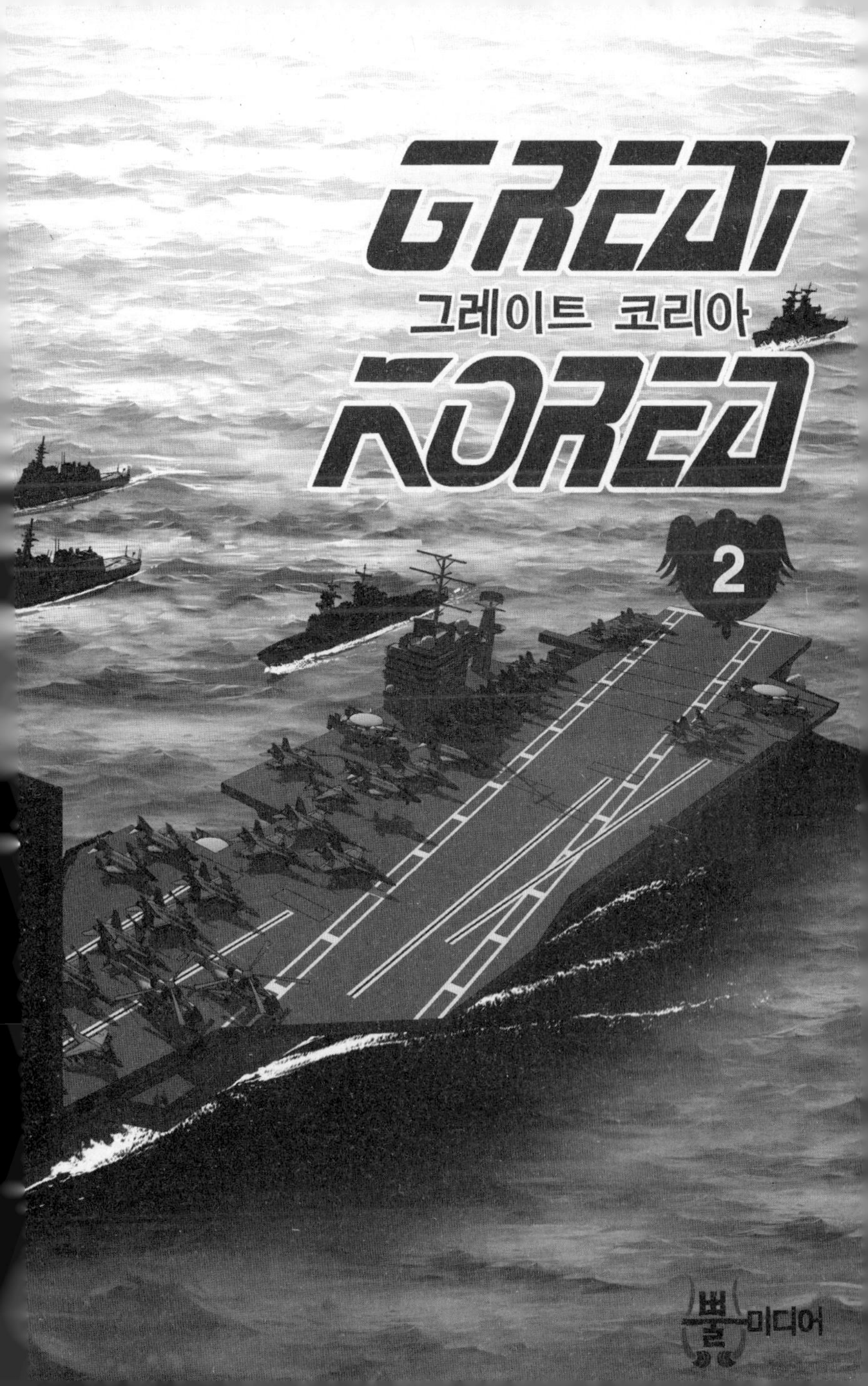
GREAT
그레이트 코리아
KOREA
2
뿔미디어

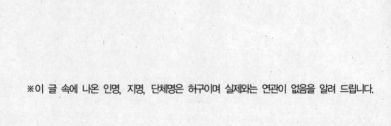

contents

1.
구사일생

"아버지! 아직도 소식이 없는 겁니까?"

정명수는 천하그룹 회장실로 찾아와 자신의 아버지에게 물었다.

10년간 의절을 했었지만 아들의 유괴사건으로 의절했던 아버지를 찾을 수밖에 없었다.

웬만한 일이라면 외무부 사무관이란 직책을 이용해 도움을 받을 수 있었겠지만 수한의 유괴사건에는 그럴 수 없었다.

괜히 자신이 경찰에 압력을 넣었다가 과도한 수사 집중에 범인들이 혹시나 수한을 해코지 할 수도 있다고 생각했기에 자신의 아버지에게 도움을 청했다.

그런데 금방 해결할 수 있을 것이라 생각했던 정명수의 예상과 다르게 아들이 유괴된 지 3일이나 되었는데 아직 소식이 없었다.

이 때문에 부인은 정신을 놓고 있고 딸은 동생을 찾아 달라며 자신이 집을 나올 때 울면서 부탁을 하였다.

참으로 이상한 유괴사건이었다.

보통은 유괴범은 유괴를 한 뒤 2—3시간 내에 피해자 가족에게 연락을 하여 혹시나 경찰에 신고하는 것을 막는다.

하지만 수한을 유괴한 범인들은 그런 연락이 전혀 없었다.

이 말은 범인들의 목적이 돈이 목적이 아니라 다른 목적에 의해 유괴를 했다고 경찰도 말을 하였다.

돈이 목적이 아니라면 어떤 것을 목적으로 했을지 생각을 해 보았다.

그리고 나온 것은 요즘 수한이 방송을 통해 천재아기로 유명해진 것 때문에 혹시 그 때문이 아닌가…… 하는 생각이 들었다.

명수가 이렇게 아직 자신의 물음에 대답을 하지 않는 아버지로 인해 다른 생각을 하고 있을 때 정대한 회장이 입을 열었다.

"수한이를 납치한 범인들을 잡았다."

"그게 정말입니까?"

"그래, 하지만 현재 그들의 수중에 수한이 있지는 않다고 한다."

명수는 범인을 잡았다는 아버지의 말에 다급하게 물었다.

그렇지만 뒤 이어 들린 말에 낙담을 하였다.

어떤 놈들이 자신의 아들을 유괴했는지 범인을 잡기는 했지만 그들의 수중에 아들이 없다는 말에 인상을 구겼다.

"그럼 수한은 어디에 있다고 합니까?"

"음, 그놈들의 말에 의하면 일신학원장이 수한이를 납치해 달라고 의뢰를 했다고 한다."

"일신이요?"

명수는 아버지의 말에 눈이 커졌다.

그가 알기에 일신학원은 대한민국에서도 상당한 위치에 있는 일신그룹의 지원을 받는 인재양성학원이었다.

천하그룹이 외형보다는 은밀하게 그 영향력을 전반적으로 펼치고 있다고 하면, 일신그룹은 어디서 끌어들인 것인지 모르지만 많은 외환자본 유치로 상당한 자산을 보유하고 있었다.

특히 대일무역에 막대한 이익을 내고 있어 조만간 재계서열 10위권 안으로 진입을 할 것이라 예상되고 있는 그룹이기도 했다.

그런데 그런 대기업 계열의 학원 원장이 유괴범을 고용해 자신의 아들을 유괴하라고 지시를 했다는 것이 믿기지 않았다.

"그게 정말입니까?"

"그래, 직접 수한을 유괴한 놈과 그놈에게 지시를 내린 놈 둘 다 잡아서 자백을 받았다."

정대한 회장의 말을 들었지만 정명수는 어떤 말을 할 수가 없었다.

그도 들은 이야기가 있었기 때문이다.

상당의 대기업들이 인재를 양성하기 위해 오래전부터 뛰어난 아이들을 후원을 해주고 있다는 이야기를 들었다.

그리고 천하그룹도 비밀리에 아이들을 모집해 필요한 인재를 양성하기도 한다.

그런데 정명수의 귀에 들어온 일신그룹의 내용은 그런 범주를 벗어난 것이었다.

여느 기업들처럼 후원을 통해 인재를 모집하는 것 외에도 영재라 알려진 아이들을 납치, 협박을 하여 데려간다는 소문도 있었다.

물론 조사 과정에서 증권가 소문이라 알려지긴 했지만 정명수도 정대한도 그 소문이 결코 유언비어만은 아니라고 생각했다.

특히 정대한 회장은 일신그룹의 소문이 결코 헛소문만은 아니란 증거도 몇 가지고 있었다.

다만 언젠가 필요할 때 사용하기 위해 약점으로 가지고 있을 뿐이었다.

그런데 설마 일신에서 자신의 손자를 납치했을 것이라고는 상상도 못했다.

그 때문에 이렇게 범인을 알면서도 함부로 자신의 아들에게 알리지 못하고 있다.

비록 천하그룹이 암흑가와 아주 연관이 없지는 않지만 일신그룹도 천하그룹 못지않게 그들과 연관이 깊었다.

아니, 천하그룹은 일단 사업을 양지로 옮기면서 많은 부분 그런 일에 손을 뗐다.

하지만 일신그룹은 아직도 공공연하게 그들과 연관을 맺고 있었다.

특히나 일본의 야쿠자들과 어울리는 것이 신문지상에 간간히 올라오긴 하지만, 일신그룹은 그들이 야쿠자가 아니라 일본 쪽 사업 파트너라고 말하고 있었다.

참으로 눈 가리고 아웅 하는 겪이나, 일신그룹의 위치가 위치이다 보니 함부로 떠들 수는 없으니까.

아무튼 정명수는 아들을 유괴한 이들과 일신그룹이 연관이 있다는 소리에 표정이 무척이나 심각해졌다.

그리고 정대한 또한 아들과 마찬가지로 심각한 표정이 되었다.

아직 아들은 알지 못하지만 일신과 천하그룹의 힘은 백중.

그런 상태이기에 손자가 그들의 수중에 있는 상태에서 함부로 손을 쓸 수가 없다.

만약 자신의 손자가 자신들의 수중에 있는 것을 알게 된다면 어떻게 나올지 빤했다.

그동안 많은 부분에서 천하그룹과 일신그룹이 부딪혔다.

천하그룹이 우위를 점할 때도 있고 또 일신에 밀릴 때도 있었다.

그런데 천하그룹의 혈족이 그들의 수중에 있다는 것을 알게 된다면 분명 그들은 자신의 손자를 죽일 것이다.

어떻게든 천하그룹의 혈족을 줄이기 위해 그동안 암투를 벌였기 때문이다.

외부에 알려지진 않았지만 천하그룹과 일신그룹의 보이지 않는 암투로 많은 인명이 손상이 되었다.

아직까지 자신들이 조금은 손해를 덜 보았지만 앞으로는 어떨지 알 수가 없었다.

정대한이 이런 고민을 하고 있을 때, 고민을 하던 정명수는 비장한 표정으로 입을 열었다.

"아버지 비록 제가 집안에서 오랜 시간 나와 있었다고 해도 저나 제 아들이 정 씨 집안의 자손이 아닌 것은 아닙니다. 그렇지요?"

"맞다."

"가훈이 분명 은혜는 열 배로, 원한은 백 배로라 했습니다."

"그 말도 맞다."

정대한은 아들이 무엇 때문에 이런 말을 하는지 짐작할 수는 있었지만 아무런 말없이 그저 아들의 말에 맞장구를 쳐줬다.

그러자 아들은 폭탄 같은 발언을 하였다.

"그럼 수한을 구해 주십시오."

정명수의 입에서는 그저 단순하게 유괴된 수한을 구해 달라는 말을 하였다.

하지만 정대한은 그 말 속에 어떤 뜻이 포함되어 있는지 잘 알고 있었다.

"일신과 전면전을 하기에는 아직 우리의 힘이 부족하다."

"알고 있습니다. 하지만 저도 돕겠습니다."

"일신과의 싸움에 네 도움이 얼마나 힘이 될 것이라고 생각하느냐?"

아들의 말에 정대한은 너의 힘이 얼마나 도움이 될 것 같으냐 질문을 했다.

아버지의 질문에 정명수도 자신의 힘이 두 그룹 간의 싸움에 별 도움이 되지 않을 것이란 사실을 잘 알고 있다.

하지만 이대로 두고 볼 수는 없는 일이었다.

"물론 일신과 천하의 싸움에 제 힘이 보잘 것 없다는 것 잘 알고 있습니다. 하지만……."

정명수는 대기업 간의 싸움에 외무부 사무관이란 직책이 가지는 힘이 보잘 것 없다는 것을 잘 알고 있다.

그렇지만 어떻게 사용하느냐에 따라서는 큰 힘이 될 수도 있었다.

"하지만 명분도 저희 쪽에 있고 또 제 직업이 외무부 사무관이지 않습니까? 그리고 일신그룹의 주력사업은…… 대일무역입니다."

일신그룹이 대한민국 재계순위가 상위에 있다고 하지만 그들의 주력은 대일무역에 있었다.

일본의 정밀제품이나 소프트웨어 등 아직 한국이 따라가지 못한 부분의 고가 제품을 수입해 한국에 팔고 있었다.

그런데 외무부에서 수입 물품에 관해 조정을 한다면 분명 일신그룹에 타격을 줄 수 있었다.

이런 말을 하자 정대한 회장도 아들의 말에 잠시 생각을 해 보았다.

아들의 말대로만 된다면 충분히 일신그룹을 압박할 수 있을 것으로 보였다.

막말로 수입을 위주로 하는 회사에 수입한 품목을 세관에서 며칠만 막아 둔다고 한다면 회사로서는 엄청난 손실을 입는다.

하지만 이런 것들을 생각하던 정대한 회장은 이득보다 손실이 더 크다는 생각이 들었다.

"그건 별로 좋은 생각이 아니다. 시간도 오래 걸리고."

확실히 좋은 방법이긴 하지만 시간이 오래 걸렸다.

그리고 그렇게 시간을 주게 된다면 처음의 목적인 손자를 구하는 것에 위기를 초례할 수도 있었다.

"이번 일은 이종찬 사장에게 맡겨 보자."

"종찬 형님에게 말입니까?"

"그래, 이 사장이라면 충분히 이번 일을 깔끔하게 마무리할 수 있을 것이다."

비록 이종찬이 정 씨 일족은 아니지만 정대한 회장의 그에 대한 믿음은 확고했다.

그가 자신의 사위라서가 아니라 그는 정 씨 가문을 수호하는 가신가의 자손이기 때문이었다.

정 씨 일가와 이종찬의 가문은 오랜 세월을 함께한 사이.

한쪽은 주인으로 또 한쪽은 그 가신으로 맺어진 사이로

선조의 유훈을 그대로 현대에까지 가지고 온 신의 있는 집
안이었다.

그렇기에 정대한은 자신의 딸을 이종찬에게 줄 수 있었
다.

과거라면 절대로 있을 수 없는 일이었겠지만 현대는 이미
과거의 주군과 가신의 관계는 수직적인 관계가 아니라 수평
적인 관계가 되었다.

수직이 아닌 서로 동등한 입장에서 새로운 관계가 필요했
다.

이때 신의를 보여 주는 이종찬의 집안에 정대한의 집안에
서도 신뢰를 보여 주기 위해 각 가문의 자손을 결혼시키기
로 하였다.

한 세대에 최소 한 명은 집안끼리 결합을 하는 것으로 하
였다.

이런 일은 정 씨 가문과 이종찬의 가문뿐 아니라 그동안
정 씨 가문에 봉신한 다른 가문과도 관계가 정립되었다.

오히려 이런 관계 때문에 이들은 더욱 관계가 굳건해졌
다.

혈연으로 연결이 되다 보니 시대가 바뀌었지만 더욱 관계
는 굳건해진 것이다.

정명수도 이런 환경 속에서 자라 이종찬과 무척이나 친하

게 지냈다.

개인적으로는 매형이 되기도 하니 이종찬 사장에 관해서 잘 알고 있었다.

어떻게 보면 자신의 아버지와 성격적으로 더 잘 맞는 사람이 바로 그였다.

"매형이 나선다면 조금 더 참아 보겠습니다."

정명수도 아버지의 말에 수긍을 하고 조금 더 참기로 하였다.

한 번 나서면 확실하게 일을 마무리 짓는 이종찬의 성격을 잘 알기에 그렇게 대답을 하였다.

◈　　　◈　　　◈

대운빌딩 내 두꺼비파 사무실은 초상집 분위기가 되었다.

두목은 잡혀가고 자신들은 순식간에 다른 조직에 흡수가 되었기 때문이다.

기존의 간부급 조직원들은 서로 눈치만 보고 있었다.

다른 조직에 흡수가 되었으니 자신들의 입지가 어떻게 변할지 걱정이 되었다.

그런데 이때 간부들 중 한 명이 슬그머니 사무실을 나와 건물 옥상으로 올라갔다.

텅! 끼기긱! 쿵!

옥상에 올라온 상욱은 주변을 살피다 어딘가로 전화를 걸었다.

"여보세요."

—무슨 일인데 전화를 한 거야.

"큰일 났습니다. 두목이 잡혀 갔습니다."

상욱은 전화를 걸어 조금 전 벌어진 일을 설명했다.

—그게 무슨 소리야! 최상호가 잡혀 가다니? 누구에게?

전화를 받은 상대가 자신의 말에 관심을 보이자 상욱은 조금 전에 있었던 일을 알렸다.

"강남의 길상사파라는 자들이 1시간 전에 이곳을 습격했습니다. 그리고 그중 길상사파의 두목이 어떤 아기 사진을 보여 주었는데, 아무래도 그 아기가…… 인 것 같습니다."

권상욱의 말을 들은 상대는 아무런 말을 하지 않고 뭔가를 고민하는 듯 수화기에서는 어떤 말도 들려오지 않았다.

"이제 어떻게 합니까? 아무래도 두꺼비파는 끝난 것 같은데, 전 계속 여기 남아 있습니까?"

사실 상욱의 정체는 두꺼비파 조직원이 아니라 일신학원의 최제국 원장이 심어 놓은 끄나풀이었다.

혹시나 두꺼비파 두목 최상호가 자신이 의뢰한 일을 가지고 나중에 뒤통수를 치지 않을까 염려되어 심은 첩자인 것이다.

그런데 지금 두꺼비파가 절단 나서 더 이곳에 있어야 할지 아니면 복귀를 해야 할지 몰라 연락을 한 것이다.

―알았다. 아직까지 거기 남아 있고, 무슨 다른 정보 있으면 바로 연락해라.

"알겠습니다. 다음에 다시 연락드리겠습니다."

권상욱은 자신의 상급자의 지시가 떨어지자바로 대답을 하고 전화를 끊었다.

"제길, 언제까지 여기 있어야 하는 거야!"

상욱은 사실 두꺼비파와 같이 변두리 조직에 있는 다는 것이 자존심이 상했다.

학창시절만 해도 잘나가는 일진 중에서도 특출 났다.

하지만 고등학교를 싸움질과 사고를 치고 다니다 보니 졸업도 못하고 중퇴를 하고 말았다.

더욱이 중퇴도 그가 소년원에 들어간 뒤 통보를 받듯 결정이 되었다.

물론 소년원에 들어간 것을 계기로 암울하던 그의 인생에 전환점을 가지기도 했지만 말이다.

우연히 감방 안에서 인연을 맺은 동기 한 명으로 인해 일신그룹 산하 고충처리반이란 곳에 들어가게 되었다.

언감생심 자신과 같은 하류인생이 일신그룹에 들어갈 줄

은 꿈에도 꾸지 못했다.

일류대학을 들어갔다고 해도 일신그룹과 같은 대기업에 들어가기란 하늘의 별따기보다 어려운 일이란 것을 상욱 또한 잘 알고 있었다.

그런데 고등학교 중퇴에 소년원 출신이라고 붉은 낙인이 찍힌 자신이 들어간 것이다.

소년원을 나와 빈둥거리다 소년원 동기의 제안으로 들어간 그곳에서 2년을 혹독하게 교육을 받고 나왔다.

소년원을 들어가기 전에도 그리고 소년원 내에서도 싸움과 깡은 어느 누구에게 꿀리지 않던 상욱이지만, 일신그룹 연수원에서 2년을 받은 교육은 정말이지 사람들이 말하는 군대보다 더 혹독했다.

연수원을 수료한 뒤 그룹 산하 고충처리반이란 곳에서 여러 일들을 하고 두꺼비파에 위장 잠입하였다.

솔직히 두꺼비파에 소속되어 있긴 했지만 두꺼비파 어느 누구도 자신의 상대가 되지 않았다.

하지만 자신의 실력을 겉으로 드러낼 수는 없었다.

어디까지나 자신은 암중으로 두꺼비파 두목인 최상호를 감시하고 그가 자신들의 지시대로 움직이는지 보고하는 것이 임무였기 때문이다.

1년만 더 있었다면 다시 원래 소속인 고충처리반으로 돌아갈 수 있었는데, 이런 일이 발생한 것이다.

1년만 참으면 됐던 일이 이제는 기약할 수 없는 일이 되었다.

두꺼비파가 아작 난 것 때문에 내일이라도 당장 복귀할 수도 있었지만 어쩌면 두꺼비파를 집어삼킨 길상사파를 조사하기 위해 몇 년이고 이곳에 남아 있어야 할지도 몰랐다.

이런 저런 생각을 하다 보니 마음만 심난해졌다.

"젠장!"

권상욱이 이렇게 옥상에서 혼자 자신의 앞날에 관해 고민을 하고 있을 때, 그와 통화를 했던 사내 또한 고민에 빠졌다.

◈　　　◈　　　◈

턱!

두꺼비파에 파견된 감시원에게서 연락이 왔다.

"하필 그놈이 천하그룹 자식이라니!"

이안용은 권상욱과 통화를 하고 그렇게 중얼거렸다.

천하그룹이라면 자신이 속한 일신그룹과 대립을 하고 있는 몇 되지 않는 그룹이었다.

일신그룹도 그렇지만 천하그룹도 뒤로 암흑가와 연관이

있는 그룹이라는 것을 그도 잘 알고 있었다.

"안 되겠다. 원장님께 보고를 해야지! 최상호까지 잡혀 갔다면 여기가 알려지는 것은 시간문제이니……."

생각을 정리하던 이안용은 최상호가 잡혀 갔다는 것에 주목했다.

아무리 그가 심지가 굳은 자라 해도 매에는 장사가 없었다.

분명 자신들에게 의뢰를 받았다는 이야기가 나올 것이 분명했다.

천하그룹에서 일을 벌이기 전에 먼저 증거를 없애야만 했다.

그래야 자신의 안전도 보장이 되는 것이다.

아무리 증언이 있다고 하지만, 증거가 없다면 아무리 천하그룹이라고 해도 자신들의 뒤에 있는 일신그룹을 함부로 도발을 하지는 않을 것이기 때문이다.

생각을 정리한 이안용은 빠른 걸음으로 자신의 방을 나와 원장실로 향했다.

똑똑!

이안용은 원장실앞에 도착하자 노크를 하였다.

"원장님, 저 이안용입니다."

이안용은 문 앞에서 조심스러운 말투로 안쪽에 자신이 왔음을 알렸다.

◆　　　◆　　　◆

퍽! 퍽!

"흐응! 원장님 저 힘들어요. 어서요."

일신학원 원장실 안은 남녀의 뜨거운 숨소리로 무척이나 달아오르고 있었다.

삐걱! 삐걱!

원장실 안 최제국은 자신의 의자에 벌거벗은 모습으로 앉아 있고, 그 위에 20대 젊은 여성도 몸에 실오라기 한 올 걸치지 않은 모습으로 그의 허벅지에 걸터앉아 그의 목에 손을 얹고 연신 요분질을 하고 있었다.

여자가 움직일 때마다 의자는 삐걱 소리를 내며 요동을 쳤다.

찰싹! 찰싹!

최제국은 그런 여성의 엉덩이를 양손으로 주무르고 또 입으로는 여성의 가슴을 애무하였다.

50대 후반의 최제국의 몸은 학원 원장이라는 직함과는 거리가 멀었다.

가운을 벗고 여성과 섹스를 하는 그의 몸은, 잘 발달된 마치 2, 30대의 젊은 남성의 탄탄한 몸을 연상케 하였다.

"아항! 저 더 이상 못 버티겠어요. 어머, 어머!"

여성은 그 말을 마지막으로 더 이상 다른 말을 하지 못했다.

몸 안으로 들어온 최제국의 남성이 몸 안을 자극할 때마다 그 끝에서 전해지는 전율 때문에 정신을 차리기 어려웠다.

밀려드는 오르가즘에 그만 정신줄을 놓았다.

그런데 아무리 잘 가꾼 몸을 가진 최제국이라 해도 50대 후반이란 나이에 이런 젊은 여성을 오르가즘에 이르게 만든 것만도 대단한데, 이렇게 실신을 할 정도로 만든다니 참으로 대단한 이였다.

하지만 알고 보면 별것도 아니었다.

사실 여자는 섹스를 하기 전 이미 마약을 복용한 상태였기 때문이다.

아무리 대기업이 후원하는 학원의 원장이라고 하지만 50대 후반의 남자를 좋아할 20대 여성은 특별한 경우 외에는 없을 것이다.

지금 최제국의 허벅지 위에서 요분질을 하고 실신한 여성도 아주 평범한 보통의 여자였다.

하지만 그녀가 이곳 일신학원에 강사로 들어오면서 그녀

의 인생은 180도 달라졌다.

165센티의 크지도 작지도 않은 키에 한국 여성이라고 보기 힘들 정도로 쭉 뻗은 하체를 가지고 있으며, 아주 보기 좋은 바스트를 가지고 있는 미인이었다.

학력도 명문 대학을 나온 재원이기도 했다.

하지만 그녀는 일신학원에 강사로 채용이 되고 원장인 최제국의 눈에 띄며 그의 노리개가 되고 말았다.

회식 자리에서 몰래 약을 먹이고 시작된 관계는 지금까지 계속되고 있었다.

학원 내 여자 강사들 중 최제국의 손을 타지 않은 여자가 없었다.

그만큼 여성편력이 대단한 최제국인데도 벌써 몇 년 째 관계를 계속하는 것을 보면 최제국도 이 여성에게 어느 정도 관심이 있었다.

물론 최제국은 가정도 있고 자식도 있었다.

자신의 몸 위에서 요분질을 하다 실신한 여성을 내려다보던 최제국은 잠시 아직까지 여성의 몸에서 용을 쓰고 있는 자신의 하물이 느껴졌다.

"후후……."

뭐가 그리 기분이 좋은지 최제국은 낮게 웃음을 흘렸다.

지금 최제국은 실신한 여성과 아직도 죽지 않은 자신의

하물을 생각하며 수컷으로서의 정복욕을 한껏 맛봤다.

정복욕에 취했던 최제국은 아직도 죽지 않은 자신의 하물이 자랑스럽기도 하였다.

뚜둑!

잠시 고개를 살짝 비틀며 목을 풀던 그는 자신의 허벅지 위에서 실신해 있는 여성을 돌려 책상에 엎드리게 하였다.

자신의 몸이 누군가에 의해 움직이는 것을 느낀 여성이 깨어났다.

"으음, 어머!"

여자는 자신이 엉덩이를 한껏 뒤로 빼고 책상에 엎드린 모습을 하고 있는 것을 느끼자 작은 교성을 흘렸다.

여자가 교성을 하거나 말거나 최제국은 아직 채워지지 않은 성욕을 채우기 위해 자신의 하물을 힘껏 여성의 그곳에 찔러 넣었다

"하윽!"

아직도 오르가즘이 끝나지 않아 예민한 국부에 다시 자극이 밀려오자 여성은 신음을 흘렸다.

그녀의 신음에는 묘한 색기가 묻어났다.

'이년은 역시 요물이야! 안을 때마다 느낌이 다르니.'

최제국은 여성의 안에서 느껴지는 조임에 기분이 너무도 좋았다.

하지만 그 기분도 밖에서 들린 노크 소리에 흥이 개지고 말았다.

똑똑!

"원장님, 저 이안용입니다."

문밖에서 부원장인 이안용이 찾아온 것이다.

이 시간에는 어느 누구도 자신을 찾지 말라고 지시를 내렸는데, 방해를 받은 것 때문에 기분이 좋지 못했다.

"무슨 일인데 이 시간에 찾아온 거야!"

잔뜩 날이 선 최제국의 목소리에 기죽은 이안용의 목소리가 문밖에서 들렸다.

"두꺼비파에 문제가 생겼습니다."

최제국은 이안용의 말에 아직까지 허리를 움직이며 여성을 괴롭히던 것을 멈췄다.

"문제? 무슨 문제?

말을 하면서 최제국은 천천히 여성에게서 떨어졌다.

"흐응……."

여자는 뒤에서 받쳐 오던 최제국이 떨어지자 작은 비음을 흘리고 힘없이 바닥에 주저앉았다.

여자에게서 떨어진 최제국은 밖에 대고 소리쳤다.

"들어와서 보고해!"

최제국의 말이 끝나자 여자가 책상 밑으로 쓰러지기 무섭게 원장실 문이 열리며 이안용이 들어왔다.

'음, 오늘도 최 선생하고…….'

원장실 안으로 들어온 이안용의 눈에 벌거벗은 최제국이 가운을 걸치는 모습과, 최제국의 책상 어림에 보이는 흐트러진 여자의 나체가 보였다.

얼굴을 자세히 본 것은 아니지만 몸매로 봐서 그녀가 최제국의 애인 중 한 명인 최성희라는 것을 알 수 있었다.

최성희는 현재 이곳 일신학원 최고의 미녀 중 한 명이기에 이안용도 언젠가 그녀를 안아 볼 생각을 하고 있었다.

그러니 옆에서 흘깃 본 것이지만 분명 그녀임을 알았다.

하지만 괜히 지금 알은 체를 할 수는 없었다.

아직은 원장인 최제국의 총애를 입고 있는 그녀이기에 함부로 손을 댔다가는 어떤 곤욕을 치를지 너무도 잘 알기 때문이다.

"그래, 무슨 큰일이 났기에 내 쉬는 시간을 방해한 건가!"

최제국은 한껏 기분 좋은 시간은 방해 받자 물었다.

그런 최제국의 기분을 알고 있는 듯 이안용은 조심스럽게 대답을 했다.

"최상호가 잡혀 갔답니다."

"잡혀 가? 누구에게?"

"그게……."

이안용은 최제국의 질문에 조금 전 원장실에 오기 전 두 꺼비파에 잠입해 있는 권상욱에게서 받은 전화 내용을 알렸다.

"뭐야! 그럼 그놈이 천하그룹 정대한 회장의 손자란 말이야?"

"그렇다고 합니다."

"젠장!"

이완용의 이야기를 모두 들은 최제국은 다시 한 번 물었다.

그리고 들려온 이안용의 확답에 혀를 찼다.

"좋은 재료인데, 하필 그 작자의 혈족이라니……."

최제국의 머릿속에는 조금 전 이안용이 한 말 때문에 머리가 복잡해졌다.

3일 전 자신이 납치해 오라 의뢰를 했던 아기의 얼굴이 떠올랐다.

귀엽고 이목구비가 잘 꾸며진 아기였다.

하지만 최제국의 눈에는 아주 진귀한 실험재료 그 이상도 이하도 아니었다.

자신의 이상을 이루어 줄 귀한 실험재료 말이다.

그런데 그게 자신이 손대기 무척이나 위험한 것이 되어

버렸다.

"어떻게 하지요?"

"어떻게 하긴 어떻게 해! 지워 버려야지! 에잉!"

이안용의 어떻게 할 것인지 물어 오는 질문에 최제국은 지워 버리라는 말을 하였다.

그의 지워 버리란 말은 흔적을 남기지 말고 없애라는 말이었다.

즉, 어린 아기를 죽인 후 그 흔적조차 남기지 말라는 말이었다.

마치 아무렇게나 굴러다니는 물건을 치우는 것처럼 너무도 쉽게 하고 있었다.

한편 한쪽에 쓰러져 있던 최성희는 깜짝 놀랐다.

지금 자신이 들은 말이 사실인지 아닌지 분간을 할 수가 없었다.

하지만 조금 전 들은 최제국 원장의 목소리는 무척이나 싸늘하게 그녀의 귀를 울렸다.

'뭐 아기를 죽이라고? 어떻게 그런 말을 이렇게 쉽게 할 수가 있는 것이지?'

최성희는 자신이 방금 전 들은 말이 너무도 무서웠다.

너무 무서워 심장이 무섭게 요동쳤다.

조금 전 그렇게 자신과 함께 살을 맞대던 남자가 이토록

비정한 사람인지 몰랐다.

처음 원장과 관계를 가지게 된 것은 술김에 실수를 한 것이라 생각했다.

그 뒤에도 실수를 사과하겠다는 원장의 말에 넘어가 몇 번 따로 만나기도 했다.

하지만 그 만남은 전적으로 자신의 실수였다.

두 번째 만난 자리에서 그녀는 원장에게 다시 한 번 겁탈을 당했다.

처음의 관계가 결코 실수가 아니었다는 것을 그때서야 알게 되었다.

그리고 그때 회식자리에서 자신에게 술을 따라 주었던 사람들 모두가 한통속이었다는 것을 그때야 알았다.

처음에는 반항도 해 보았지만 최제국 원장의 힘은 너무도 거대했다.

일개 영재학원 원장이라고 보기 힘들 정도로 대단했다.

경찰과 검철도 함부로 원장을 어쩌지 못했다.

그의 뒤에 일신그룹이 있었기 때문이다.

그 뒤로 최성희는 최제국 원장에게 굴복해 정부가 되었다.

정부가 된 뒤로 최제국은 이전 강제로 자신을 강간하던 것과 다르게 무척이나 다정하게 대해 주었다.

물론 그렇다고 성희가 그에게 마음을 준 것은 아니었다.

이미 버린 몸이기에 환경에 적응을 한 것뿐이었다.

최제국의 마수에서 벗어날 수 없다면 그냥 그의 품에서 적당히 누릴 것 누리면서 편하게 살자는 생각으로 현실과 타협을 하였다.

하지만 성희는 최제국 원장이 이렇게나 비인간적인 사람이라고는 생각지 못했다.

의례 남자이니 예쁜 여자에게 혹해 자신을 범한 것이지 훌륭한 교육자로만 생각했었다.

그런데 조금 전 아기를 납치했다는 말과 그 아기의 배경이 천하그룹 회장의 손자라는 것을 알고 아기를 죽이라는 명령을 내리는 목소리를 똑똑히 들었다.

순간 자신이 듣지 말아야 할 말을 들은 것은 아닌가, 하는 불안감에 휩싸였다.

아니나 다를까…… 불길한 예감은 언제나 빗겨 가질 않았다.

"이런! 내가 깜박했군!"

최제국은 이안용과 이야기를 하다 생각에 잠겼었다.

생각에 잠긴 그의 버릇 중 하나가 주변을 서성이며 생각을 정리한다는 것이었다.

그렇게 원장실 안을 서성이며 생각을 정리하던 그의 눈에 최성희가 보였다.

그제야 자신이 뭔가를 잊어버리고 있었다는 것을 깨달았다.

책상 안쪽에 주저앉은 최성희와 눈이 마주친 것이다.

"제길…… 참 마음에 든 여자였는데, 아깝게 되었군! 부원장!"

최제국은 안타깝다는 듯이 한숨을 쉬고 이안용을 불렀다.

"에, 원장님!"

이안용은 최제국의 부름에 급히 대답을 했다.

"아깝지만 우리의 말을 들어 버렸으니 이 여자도 같이 처리하도록 해!"

이안용은 최제국의 말에 살짝 미소를 지었다가 빠르게 지우며 대답을 하였다.

"알겠습니다."

대답을 한 이안용의 눈이 불안하게 떨고 있는 최성희의 얼굴을 향했다.

사실 이안용은 그녀가 있는 것을 알면서도 최제국에게 모든 보고를 하였다.

이번 기회가 아니면 그녀를 안아 볼 기회가 없을지도 모른다는 생각에 다른 사람이 들어서는 안 되는 이야기를 그냥 한 것이다.

사안이 사안이다 보니 최제국은 그런 생각도 못하고 이안용이 보고하는 내용을 그대로 듣고 바로 반응을 한 것뿐이다.

어차피 그에게 정부는 최성희 하나가 아니기에 조금 아깝기는 하지만 그뿐이었다.

◆　　◆　　◆

"내 말만 잘 들으면 살려 줄 수도 있는데 말이지……."

이안용은 최성희의 귀에 대고 그렇게 말을 하였다.

지금 성희의 품에는 잠이 든 수한이 안겨 있었다.

강보에 쌓인 수한을 안고 이동하는 중에 이안용 부원장이 하는 소리를 들은 최성희는 진저리를 쳤다.

조금 전 원장실에서 원장과 이야기를 하는 부원장은 원장과 똑같은 사람이었다.

아니, 짐승이고 괴물이었다.

어떻게 사람 죽이는 것을 그렇게 쉽게 말을 하는지 이해할 수가 없었다.

더욱이 지금 자신을 죽이려고 하면서도 유혹을 하고 있었다.

성희도 이안용 부원장이 자신을 탐하고 있었다는 것을 잘 알고 있었다.

그전에는 원장이 있었기에 함부로 접근하지 못했지만 부원장이 자신을 쳐다볼 때마다 그의 눈에서 보이던 더러운 욕망의 찌꺼기를 보았다.

사실 예전이라면 그런 느낌을 알 수 없었겠지만 최제국 원장의 정부가 되면서 그 느낌을 잘 알게 되었다.

그 더러운 욕망의 빛은 바로 최제국이 자신의 알몸을 볼 때 보이던 눈빛이기 때문이다.

"그게 정말인가요?"

성희도 죽고 싶은 생각은 없었다.

이제 겨우 27살의 한창인 나이.

그런 젊은 나이에 결혼도 못해 보고 남의 욕정 받이로 있다가 죽고 싶은 생각은 전혀 없었다.

마음이 있던 성희가 자신의 제안에 넘어오는 듯하자 이안용은 얼른 대답을 했다.

"물론이지. 이렇게 아름다운 미인을 그냥 죽이다니 말도 안 되지."

말을 하면서도 이안용은 슬며시 팔을 뻗어 최성희의 가슴에 손을 집어넣었다.

성희는 느닷없이 이안용의 손이 품에 들어오자 소름이 돋았다.

마치 벌레나 파충류가 온몸을 기어가는 듯한 전율을 느꼈다.

'윽!'

저절로 비명이 나오려 하였지만 입술을 깨물며 참았다.

괜히 자신이 거부 반응을 보여 그의 심기를 불편하게 할 수도 있기 때문에 억지로 참은 것이다.

잠간 움찔 하긴 했지만 자신의 손길에 가슴이 융기하는 것을 느끼자 이안용의 눈은 욕정으로 희번덕거렸다.

조금 전 섹스를 한 상태라 성희의 마음과는 별개로 그녀의 몸은 이안용의 손길에 반응을 보였던 것이다.

아직 섹스 전 마약을 복용했던 그녀의 몸에 마약 성분이 남아 있었던 것 때문에 이안용이 자신의 가슴을 주물럭거릴 때마다 성희는 아릿한 통증과 함께 묘한 쾌감이 함께 느껴지기도 했다.

이미 섹스와 마약에 적응된 성희의 몸이라 지금은 무척이나 쉽게 반응을 하고 있었다.

'미친년! 이 상황에서도 흥분을 느끼다니!'

최성희는 자신의 몸이 이안용의 추행에 흥분하는 것을 느끼며 속으로 자신을 욕했다.

한편 잠을 자고 있던 수한은 자신의 주변에서 묘한 느낌을 받고 잠에서 깨어났다.

누군가의 품에 안겨 복도를 걸어가고 있었다.

아직 자신이 깨어난 것을 모르는지 자신을 안고 있는 여자나 그녀의 옆에서 음심을 풍기고 있는 남자나 자신들의 일에 열중하고 있었다.

수한은 지금 자신이 어딘가로 이동을 하고 있는데, 복도의 불빛이 어두침침한 것이 결코 좋은 곳으로 이동하는 것이 아님을 깨달았다.

그리고 자신의 옆에서 걷고 있는 남자가 이곳에 와서 처음 본 남자라는 것을 깨달았다.

'앗! 이자는 부원장이라는 사람이잖아? 그런데 날 어디로 데려가는 것이지?'

"제가 당신의 말을 잘 들으면 날 살려 주는 것은 물론이고 이 아기도 살려 줄 수 있나요?"

수한이 자신이 이동하는 곳이 어딘지 몰라 생각하고 있을 때 들려온 말에 깜짝 놀랐다.

'뭐야! 날 죽이겠다고? 이 세계에 환생을 한 지 몇 개월이나 됐다고 날 죽이겠다는 거야?! 그리고 갓난아기인 날 죽이겠다고? 이 몬스터 같은 놈들!'

수한은 지금 자신이 죽으러 가는 중이고 무엇 때문인지 자신을 안고 있는 여성도 자신과 같은 운명이란 것을 알게 되었다.

그리고 부원장이란 남자가 이 여인을 목숨을 담보로 흥정을 하고 있었다는 것을 깨닫게 되었다.

'죽일 놈! 분명 이놈은 지 욕심을 채우고 분명 이 여자도 같이 죽일 것이다.'

수한은 전생에 이런 경우를 몇 번 본 기억이 있었다.

목숨을 가지고 약자에게 작은 기대를 하게 만들고 제 욕심만 채우고 결국에 더 깊은 나락으로 떨어뜨리는 이들을 충분히 보았다.

이 모든 것이 다 자신의 유희를 즐기는 귀족이나 힘 있는 자들의 놀이일 뿐이었다.

지금 이안용이 보이는 행동도 그와 똑같았다.

이미 여자와 자신의 죽음은 기정사실이다.

그렇지만 이안용은 여자에게 그런 말을 하지 않고 살 수 있다는 희망을 준 것이다.

여자는 그런 것도 모르고 이안용의 꾐에 빠져 그의 말에 지푸라기 잡듯 매달리고 있었다.

더욱이 오늘 처음 보는 자신의 목숨까지 살려 달라고 흥정을 하고 있었다.

참으로 마음이 아름다운 여자였다.

"뭐, 내 말만 잘 따르면 고려해 줄 수도 있다."

"알겠어요. 부원장님이 원하는 모든 것을 들어줄 테니 제발 살려 주세요."

"좋아!"

이안용은 최성희가 자신의 제안에 넘어왔다는 생각이 들자 소각장으로 가던 중 비품 창고로 최성희를 끌고 들어갔다.

"그놈을 거기 두고 어서 옷을 벗어!"

이미 최성희가 자신의 말에 다 넘어왔다고 생각하자 흥분을 주체할 수가 없었다.

그래서 성희의 품에 있는 수한을 비품 창고 구석에 내려놓으라고 말했다.

이안용의 말에 최성희는 자신의 품에 있는 아기를 창고 한쪽에 고이 내려놓았다.

최성희가 수한을 내려놓기 무섭게 도저히 참을 수 없었던 이안용이 최성희에게 달려들었다.

찌익! 투둑!

흥분한 이안용은 최성희에게 달려들어 입고 있는 옷을 찢듯 벗겼다.

그 때문에 옷의 일부는 찢어지고 단추는 떨어져 나갔다.

하지만 최성희는 그런 이안용에게 반항을 할 수가 없었다.

한편 비품 창고 바닥에 놓인 수한은 살며시 눈을 떴다.

주변을 살펴보기 위해서 눈을 뜬 그의 눈에 이안용이 최성희의 옷을 강제로 벗기는 모습이 눈에 들어왔다.

조금 떨어져 두 사람을 본 수한의 눈에 최성희의 얼굴이 보였다.

최성희의 얼굴을 본 수한의 눈에 자신의 엄마도 미인이었지만 최성희는 더욱 아름답게 보였다.

비록 자신이 이 세계에 환생한 지 6개월 정도이지만 그동안 본 미인들 중 가장 아름답다고 생각되었다.

'와…… 참으로 아름다운 여자구나. 그러니 저자가 그런 수작을 하는 것이겠지.'

수한이 그런 생각을 하고 있을 때 어느새 최성희의 몸에는 옷이 찢겨 나가 넝마 조각 일부만이 걸쳐졌다.

그 모습은 모두 벗고 있는 것보다 더 이안용을 자극했다.

이안용은 뇌쇄적인 모습에 더욱 흥분하여 자신의 옷을 찢듯 벗고 있었다.

'안 되겠다. 슬립!'

수한은 최제국과 이안용에게 프렌들리 마법이 통하지 않자 마법을 취소하고 마력을 아껴 두었다.

프렌들리 마법처럼 지속적으로 유지되는 마법은 계속해서 마력을 소모한다.

그렇게 되면 결정적인 순간에 마력이 부족해 마법을 사용할 수 없게 된다.

그렇기 때문에 수한은 통하지도 않는 마법을 유지하기보단 마력을 아껴 두었다가 필요할 때 사용하기로 결정하고 마법을 취소했던 것이다.

그런 수한의 판단은 아주 적절했다.

자신에게 관심을 놓고 있을 때 수한은 정신을 팔고 있는 이안용에게 슬립 마법을 걸었다.

수면 마법인 슬립은 프렌들리 마법처럼 정신에 작용하는 것이 아니라 신체에 직접적으로 사용하는 것이라, 이안용에게도 적용되었다.

쿵!

최성희는 자신의 몸을 탐하기 위해 달려들었던 이안용이 갑자기 자신의 몸에서 굴러떨어지자 깜짝 놀랐다.

하지만 그렇다고 이 순간 비명을 지를 정도로 멍청하지도 않았다.

"어떻게…… 된 일이지?"

잠시 자신의 몸에서 떨어진 이안용 부원장을 쳐다보던 최성희는 얼른 비품 창고에 있는 비품 중에서 청소아줌마들이 입는 청소복을 꺼내 입었다.

자신의 옷은 이미 이안용이 옷을 벗기는 과정에서 찢어 버렸기에 더 이상 옷의 역할을 하지 못하는 상태였다.

그래서 청소부들의 옷으로 갈아입은 것이다.

옷을 갈아입은 최성희는 바닥에 누워 있는 수한을 얼른 안아 들고 밖으로 나갔다.

"아가야…… 우리는 지금 무척 위험한 상태란다. 그러니 절대로 소리를 내선 안 된다."

성희는 수한을 보며 그렇게 말을 하였다.

그런 성희의 말에 수한은 최성희를 보며 빙그레 미소를 웃어 주었다.

방긋!

"어머, 너 크면 여자 꽤나 울리겠구나?"

아기가 웃는 얼굴이 너무도 해맑고 예쁜 나머지 성희는 그렇게 수한을 칭찬하며 머리를 한번 쓰다듬어 주었다.

그 느낌이 좋은지 수한은 계속해서 성희를 보며 웃었다.

아기가 자신을 보며 웃어 주자 성희는 아기가 자신의 말을 알아들었는가, 하는 생각을 하며 얼른 자신의 차가 있는 지하주차장으로 걸어가기 시작했다.

한시라도 빨리 이곳을 빠져나가야 한다는 생각에 걸음을 빨리했다.

2.
새로운 인연

이안용의 마수에서 빠져나온 최성희는 조심스럽게 수한을 안고 주변을 살피며 자신의 차가 있는 지하주차장에 도착을 했다.

"휴!"

지금으로써는 이 학원에 있는 어느 누구도 믿을 수가 없었다.

자신을 좋다고 정부로 만든 원장도 그리고 자신을 볼 때면 친절한 미소를 던지던 부원장도 알고 보니 인면수심의 싸이코들이었다.

사람을 죽이는 일을 마치 쓰레기 버리듯 아무런 감정도 없이 지시를 내리고 또 시행을 하려고 하는 인간들이었다.

이 학원에 또 어떤 인간들이 있을지 성희는 도저히 믿을 수가 없었다.

그래서 어떻게든 이곳에서 멀리 벗어나고 싶은 생각뿐이었다.

지금까지는 아무에게도 들키지 않고 왔다.

하지만 학원을 나서서 어떻게 될지 알 수가 없어 불안했다.

"아가야, 우린 지금 여기를 빠져나가야 한다. 그래야 너나 나나 살 수가 있어. 우리 무사히 빠져나갈 수 있게 기도를 하자. 무사히 빠져나가게 되면 내가 네 엄마, 아빠에게 데려다줄게."

보조석에 누워 있는 수한을 보며 최성희는 그렇게 중얼거렸다.

원장실에서 들었던 아기의 정체는 참으로 충격적이었다.

다른 곳도 아니고 천하그룹 회장의 손자를 납치를 하였다니 참으로 어처구니가 없었다.

아무리 이곳 일신학원이 일신그룹이 후원을 하는 곳이지만 그에 버금가는 대기업 회장의 손자를 납치하다니 미친 인간들이었다.

부릉!

최성희는 그렇게 말을 하고 차에 시동을 걸었다.

그런데 차를 출발하려고 하는데 누군가 뛰어오는 소리가 들렸다.

탁탁탁탁!

지하 주차장을 울리는 소리에 최성희는 불안한 심정에 얼른 액셀을 밟으며 차를 출발시켰다.

부우웅!

탁탁탁!

"멈춰! 정지!"

뒤쪽에서 뛰어오는 소리가 들리더니 고함소리가 들렸다.

최성희는 뒷거울을 보며 누가 소리를 지르는 것인지 확인을 했다.

그런데 뒷거울에 비친 것은 경비제복을 입은 경비원이었다.

덩치가 큰 경비원이 고함을 치며 자신의 차를 따라 뛰는 모습이 보이자 성희는 더욱 액셀을 세게 밟았다.

부웅!

성희와 수한이 탄 차는 지상으로 오르는 램프웨이를 빠르게 통과하며 지상으로 올라갔다.

그런데 이미 연락을 받은 것인지 학원 입구는 경비원들로 막혀 있었다.

"정지!"

빠르게 달려오는 차를 향해 경비원 중 한 명이 손을 들어 정지하라는 신호를 하였다.

하지만 성희는 그 말을 들어줄 생각이 없었다.

괜히 잡혔다가 죽을지도 모르는 아니, 죽을 것이 확실한 데 무엇 때문에 저들의 말을 들어준다는 말인가?

한 번 죽을 고비를 넘긴 최성희는 이제는 그 눈에 독기가 맺혔다.

'죽어!'

이미 독기가 바짝 오른 독사와 같은 표정이 된 최성희는 차의 기어를 바꾸며 더욱 가속을 하였다.

부우웅!

원장실에서 내려온 지시로 인해 학원에서 그 어떤 차량도 잠시 통제를 하기 위해 달려 나오는 차를 멈추라는 신호를 하였다.

하지만 무엇 때문인지 지하에서 올라온 차는 멈출 생각을 하지 않고 더욱 가속을 하는 것이 아닌가?

"어어! 피해!"

최성희에게 정지 신호를 보내던 경비원은 피하라는 소리를 지르고 옆으로 몸을 날렸다을 하였다.

그리고 그의 말을 들은 입구를 막고 있던 경비원 2명도 각자 좌우로 몸을 날렸다.

이들이 달려오는 차를 피하기 위해 몸을 날리기 무섭게 최성희와 수한이 타고 있던 차는 스치듯 이들을 지나쳐 입구를 통과했다.

끼기기긱!

학원 출입구를 통과한 차는 입구를 통과하기 무섭게 바퀴 자국을 만들며 커브를 돌아 멀어져 갔다.

한편 달려오는 차를 피했던 경비들은 얼른 일어나 학원 입구로 뛰어갔는데, 최성희가 탄 차는 이미 이들의 시선을 벗어나 있었다.

"누구 차였어?"

"차량 넘버를 보면 최성희 강사의 차였는데, 무슨 일이지?"

"일단 위에 보고를 해!"

"알겠습니다."

뒤늦게 최성희의 차를 피했던 경비들의 말에 경비조장은 얼른 상부에 보고를 하라는 말을 하였다.

"젠장! 무슨 일이 있는 거야!"

경비조장은 차를 피하기 위해 몸을 날리다 도로 분리턱에 부딪혀 아파 오는 허리를 주무르며 인상을 구겼다.

"빨리빨리 움직여!"

이종찬은 붉게 달아 오른 얼굴로 주변을 보며 소리쳤다.

길상사파로부터 천하그룹 정대한 회장의 손자를 유괴한 범인을 넘겨받고 심문을 하던 중 놀라운 이야기를 듣게 되었다.

두꺼비파 두목 최상호는 가혹한 고문에 자신이 알고 있는 모든 것을 토설했다.

그런데 그 가운데 놀라운 이야기가 있었다.

그것은 바로 일신학원 원장이 자신을 감시하기 위해 조직에 감시원을 파견했다는 말이었다.

그 말이 사실이라면 지금 최상호가 잡혀 온 일이 일신에 알려졌다는 소리였다.

만약 자신의 예상이 맞는다면 그들은 증거를 없애기 위해 수한이를 죽일지도 몰랐다.

유괴된 수한은 자신과도 아주 연관이 없지 않았다.

자신이 천하그룹의 오너 일가인 정 씨 가문의 사위이니 유괴된 수한에게 자신은 개인적으로 고모부가 되었다.

더욱이 자신을 잘 따르던 정명수의 아들이라고 하니 무사히 구출을 해야 한다.

듣기로는 명수의 아들이 천재라고 하던데 얼마나 똑똑한

지 궁금하기도 했다.

이제 겨우 1살인 아기가 천재라는 말을 들을 정도면 얼마나 똑똑하지 짐작도 할 수 없는 그로써는 명수의 아들이 무척 보고 싶어졌다.

그러니 무사히 구출을 해야만 했다.

"이 자식들이 굼벵이 고기를 삶아 먹었나! 동작 봐라!"

마음은 급한데 수하들의 행동이 너무도 굼떴다.

현재 정황을 들은 이종찬은 천하가드의 일반 직원이 아닌 정 씨 가문을 보좌하는 무력 집단을 소집해 출동을 하려는 중이다.

괜히 요란하게 쳐들어갔다가는 문제가 될 수 있기 때문이다.

어찌 되었든 그곳은 천하그룹보다 상위에 있는 일신그룹이 후원하는 곳이었다.

그런데 자신들이 몰려가서 난리를 친다면 천하그룹도 무사할 수 없었다.

더욱이 그곳에서 유괴된 수한을 찾지 못한다면 모든 죄를 자신들이 뒤집어쓸 수도 있었다.

그러니 속전속결로 유괴된 수한을 구출하고, 범죄 증거를 찾아 피해를 최소한으로 할 수 있다.

천하가드 주차장에 커다란 관광버스 1대가 정차해 있고

무력대가 탑승을 하였다.

◆　　　◆　　　◆

일신학원 원장인 최제국은 지금 화가 머리끝까지 났다.

부원장인 이안용을 시켜 증거를 없애라고 했는데, 그가 일을 그르쳤기 때문이다.

"지금 그걸 말이라고 하는 거야!"

"죄송합니다. 그년이 유혹하는 바람에…….”

이안용은 최성희가 달아난 것을 자신의 잘못을 피해 변명을 하였다.

최성희가 차를 몰아 학원을 빠져나가고 경비실에서 보안과로 보고가 올라가고 보안과장은 다시 학원장인 최제국에게 보고를 하였다.

보안과장은 이곳 일신학원에 대한 비밀을 알고 있는 사람 중 한 명이기에 최성희의 탈출이 알려지게 되었다.

비밀을 들었기에 아깝지만 죽이라 했는데, 최성희의 차량이 학원을 빠져나갔다는 말은 어떤 문제가 발생해 최성희가 도망쳤다는 말이 되었다.

이 때문에 경비들은 이안용을 찾기 위해 학원 안을 뒤졌다.

그리고 그가 지하 소각장 근처에 있는 비품 창고에 잠들어 있는 것을 발견했다.

처음 이안용 부원장이 지하 비품 창고에 잠을 자고 있다는 보고에 최제국은 어이가 없었다.

자신들의 불법을 알게 된 최성희를 처리하라고 했는데, 난데없이 옷 벗고 알몸으로 비품 창고에서 잠을 자고 있다는 보고를 받았으니 얼마나 황당하겠는.

"설마 그놈도 그년이 데려간 것은 아니겠지?"

최제국은 혹시나 하는 심정으로 이안용에게 수한에 대한 것을 물었다.

하지만 혹시나 했던 마음은 역시나 가 되는 것은 순식간이었다.

"그게 한꺼번에 처리하려고 같이 데려가던……."

"뭐야! 그럼 그놈도 같이 탈출을 했다는 말이야!"

"예, 예. 그러니까……."

"만약 그것들 확실하게 처리하지 못하면 넌 끝장인 줄 알아!"

최제국은 자신을 보며 변명만 늘어놓는 이안용의 모습에 차가운 눈으로 쳐다보며 그렇게 경고를 했다.

일이 최악으로 가게 되면 어쩌면 자신의 목숨도 온전하기 힘들었다.

"나가 봐!"

자신의 잘못으로 최성희와 수한을 잃어버린 이안용은 최제국의 말에 힘없이 원장실을 나갔다.

한편 인생 최대의 위기를 맞은 최제국은 머리를 짜내기 시작했다.

'어떻게 해야 이 위기를 넘길 수 있을까?'

정말이지 답이 나오지 않는 난해한 문제였다.

'젠장! 병신 같은 새끼, 아부나 할 줄 알지 이런 간단한 일 하나 처리하지 못하고. 이번 기회에 부원장을 똘똘한 놈으로 바꿔야겠어!'

최제국은 생각을 정리하다 이번 기회에 실수가 많은 이안용을 갈아 치울 마음을 먹었다.

그동안 입안의 혀 마냥 자신의 일을 잘 처리해 오기는 했지만 어느 순간부터 욕심을 부리기 시작하더니 여자에 눈이 멀어 큰 실수를 저질렀다.

부원장 이안용은 언젠가부터 자신이 하는 것을 공유하려는 행동을 보인다는 것을 최제국이 느끼기 시작했다.

말은 하지 않았지만 학원 내 여자 강사들 중 자신의 손을 탄 것 보다 이안용의 손을 탄 강사들이 더 많았다.

자신이야 마음에 드는 몇을 직위를 이용해 돈과 협박을 하여 관계를 맺었다.

그런데 이안용은 자신이 그렇게 관계를 하고 실증이 나 찾지 않는 여자를 건들기 시작했던 것이다.

처음에는 몰랐는데, 어느 날 우연히 알게 되었다.

부원장인 이안용이 자신의 정부였다가 자신이 최성희를 가까이 하면서 멀리하던 여자를 은밀히 유혹하는 장면을 보았다.

그들이 학원 비품창고나 호텔에 함께 들어가는 것도 목격을 하였다.

그리고 그런 목격을 한 것이 한두 번이 아니었다.

말을 잘 들어 키워 주니 주인과 같이 놀려고 그러는 것인지 제 분수도 모르고 놀아나고 있었다.

언젠가 경고를 하려고 했는데, 기어코 사고를 치고 말았다.

이번 기회에 이안용을 치우기로 결심한 최제국은 이안용 대신 누굴 부원장으로 올릴 것인지 고민하기 시작했다.

하지만 그런 고민은 얼마 가지 못해 깨지고 말았다.

덜컹!

"원장님! 큰일 났습니다."

"무슨 일인데, 노크도 없이."

노크도 없이 무례하게 들어온 이안용의 모습에 인상을 구기며 훈계를 하는 최제국에게 이안용은 중간에 말을 끊으며 말했다.

"이럴 때가 아닙니다. 지금 괴한들이 쳐들어 왔습니다."

최제국은 괴한이 쳐들어 왔다는 이안용의 말에 아무런 말도 못하고 눈을 깜빡였다.

예상치도 못했던 말을 듣다보니 잠시 공황상태가 된 것이다.

"그게 무슨 소리야! 괴한이 쳐들어오다니! 여기가 어디라고 감히."

"이럴 때가 아닙니다. 벌써 경비실과 출입구는 모두 괴한들에게 점거되었습니다."

이안용은 괴한들에 의해 학원의 출입구가 모두 막혔다는 말을 하였다.

그 말을 들은 최제국은 불현듯 아까 전에 들었던 보고가 생각났다.

"두꺼비파 두목 최상호가 길상사파에 잡혀 갔습니다."

최상호를 감시하던 감시원으로부터 온 연락을 받은 지 몇 시간 지나지 않았는데, 벌써 적들이 쳐들어왔다는 말은 일이 자신이 생각한 것보다 심각했다.

"제길!"

GREAT
KOREA

자신도 모르게 일이 풀리지 않아 쌍소리를 하고는 괴한이
침입했다는 보고를 하는 이안용을 싸늘하게 쳐다보았다.

이 모든 것이 이안용의 잘못인 것만 같은 생각이 들었기
때문이다.

◈   ◈   ◈

최제국과 이안용이 원장실에서 이렇게 대화를 하고 있을
때, 천하가드 사장 이종찬과 무력대는 일신학원의 출입구를
봉쇄하고 아무도 출입하지 못하게 하였다.

그리고 신속하게 학원 안으로 뛰어들어 수한을 찾기 시작
했다.

시간이 지날수록 수한의 안전에 위해가 가기 때문에 최대
한 빠른 시간에 수한을 찾아야만 했다.

"무성이는 1조를 데리고 위를 뒤진다. 순영이는 2조를
데리고 여기 원장과 부원장을 잡아라! 병만이는 3조를 데리
고 아무도 이 건물을 빠져나가지 못하게 막고, 마지막으로
철원이는 지하를 뒤진다. 아무래도 여기 지하에 학원의 비
밀이 있을 것이다."

이종찬은 자신이 데려온 무력대에게 지시를 내렸다.

각 조장들은 이종찬의 지시에 대답을 하고 각자 맡은 구

역으로 빠르게 움직였다.

"네!"

1조에서 4조까지 각자 맡은 곳으로 빠르게 이동을 하자 이종찬도 자신의 비서와 함께 천천히 계단을 타고 위로 올라갔다.

자신이 올라가면 1조가 되었든 2조가 되었든 자신이 보고 싶은 얼굴들을 대면하게 만들어 줄 것이기에 느긋하게 움직였다.

유괴된 수한을 빨리 찾아야 한다는 것과는 별개로 감히 천하그룹을 도발한 이들의 얼굴을 어서 빨리 보고 싶은 것이 현재 이종찬의 마음이 가장 컸다.

어떻게 생긴 위인이기에 대한민국에서 천하그룹을 건들려는 것인지 그자를 붙잡아 해부해서 간의 크기를 확인하고 싶었다.

아무리 일신그룹이 천하그룹보다 상위그룹이라고 하지만 일본에 뿌리가 있는 그들과 태생적으로 대한민국 밑바닥에서 시작한 천하그룹은 마음가짐에서부터 달랐다.

고대 무가에서 출발한 천하그룹이다 보니 천하그룹에 소속된 이들은 한번 손을 쓰기 시작하면 뿌리를 뽑아야 직성이 풀리는 사라들이었다.

그건 기업 활동을 하면서도 바뀌지 않았다.

사업을 하는 것이 마치 전쟁을 치르듯 치열하게 죽기 살기로 임하는 그들에게 동종업계에서는 천하그룹이 뛰어들면 한 발 물러나 양보를 할 정도였다.

같이 달려들어 충돌을 했다가는 이겨도 상처뿐인 승리였기 때문이다.

그런데 그런 천하그룹의 혈족을 건들인 위인들이 얼마나 대단한 자들인지 보고 싶은 것이다.

아무리 일신그룹이 뒤에 있다고 하지만 참으로 무모한 위인들이었다.

일신그룹은 철저히 계산적으로 움직이기로 유명한 곳이다.

그들은 절대로 자신들이 유리한 싸움만 하는 이들이었다.

그런데 이종찬이 아무리 생각해도 일신그룹이 자신이 속한 천하그룹을 상대로 무조건 유리하다고만 생각지 않았다.

그건 일신그룹에서도 마찬가지로 판단하고 있을 것이다.

대한민국 재계서열 1위인 성삼그룹도 천하그룹과 척을 지려 하지 않는데, 감히 일신그룹이 그런 마음을 먹었다고는 생각할 수가 없다.

아마도 수한이 똑똑하다니 그 뒷배경을 조사도 않고 독단으로 일을 벌였을 것이란 생각이 들었다.

'뭐, 그렇다고 해도 일은 벌어진 것이니 이번에 일신은

많은 것을 양보해야 할 것이다.'

이종찬은 자신도 모르게 입가에 미소가 걸렸다.

조금 뒤면 한 번도 본 적이 없는 천재라 불리는 처조카를 볼 수 있을 것이고, 또 자신에게 오랜만에 재미를 준 이들의 얼굴을 볼 수 있으니 그것도 기분이 좋았다.

이종찬은 학원 계단을 오르며 달아오르는 열기가 느껴졌다.

오르는 계단 밖에서 누군가 싸움을 하는 소리가 들렸기 때문이다.

아마도 일신학원을 지키는 경비대와 자신이 데려온 무력대 간의 무력충돌이 있는 것 같았다.

싸움하는 소리가 들리자 40대이지만 아직도 가문의 수련관에 들려 대련을 하는 그로써는 몸이 후끈 달아오를 수밖에 없었다.

가문의 무력대와 대련을 한다고 해도 그건 실전과는 다른 말 그대로 대련이지 않은가.

하지만 이곳에서는 실전을 할 수 있었다.

실전과 대련은 하늘과 땅만큼이나 그 차이가 심했다.

그 때문에 일과 관계없이 실전이라는 것 때문에 흥분하기 시작하는 이종찬이다.

◈ ┃ ◈ ◈

헉! 헉!

최성희는 수한을 등에 업고 빠르게 걷고 있었다.

간간히 뒤를 돌아보며 누가 자신을 쫓지는 않는지 수시로 살피는 것이 무척이나 불안정해 보였다.

더욱이 자세히 보면 얼굴빛도 창백하고 이마에 식은땀을 흘리고 있었다.

또한 입술은 마르고 껍질이 일어난 것처럼 까져 있는 것이 정상적인 모습이 아니다.

벌써 며칠 째인지 몰랐다.

어떻게 알았는지 누군가 자신을 쫓고 있다는 것을 느낀 최성희는 처음 행색과 다르게 무척이나 지치고 심신이 피곤했다.

더욱이 어젯밤부터 간간히 찾아드는 마약의 금단 증세로 인해 미칠 것만 같았다.

성희도 자신에게 일어나는 현상이 무엇 때문인지 잘 알고 있었다.

최제국 원장에게 겁간을 당하고 그 뒤로 협박과 회유에 넘어가 그의 정부가 되면서 시작한 마약은 현재 최성희를 폐인은 아니지만 약기운이 떨어지면 모든 의욕을 가져갔다.

다만 심각한 중독이 아니기에 이렇게 급박한 상황에서 정신력으로 억지로 참는 것이지 그렇지 않았다면 아마 고통에 의지가 꺾여 약을 찾았을 것이다.

하지만 현재 그녀는 살기 위해서는 자신의 행적을 노출시키면 안 되었다.

어젯밤 고통 때문에 정신이 없는 상태에서 빨리 쉬고 싶다는 마음에 생각 없이 카드로 모텔 결재를 하는 바람에 추적자가 따라붙었다.

자신을 쫓는 사람의 정체는 보나마나 최제국 원장이 보낸 사람일 것이 분명했다.

그래서 모텔에서 다른 짐은 그냥 두고 아기만 데리고 도망을 쳤다.

참으로 운이 좋았다. 밀려드는 고통을 찾고 아기에게 먹일 분유를 사러 나갔다가 우연히 자신을 쫓는 추적자를 목격한 것이다.

일전 최제국 원장과 데이트 중 잠깐 본 얼굴을 보았다.

그자가 탄 차가 자신이 투숙한 모텔로 들어가는 것을 보고 뒤도 돌아보지 않고 도망을 쳤다.

도망치던 중 현금인출기에서 한도액까지 돈을 인출한 뒤 근처를 지나는 택시를 잡아 타고 자리를 떴다.

성희는 아예 서울을 떠나 지방으로 향했다.

늦은 시각 지방에 일이 있어 가는 사람이라고는 너무도 이상한 복장을 한 성희를 보고 이상하게 생각한 택시기사에게 술 취한 남편을 피해 친정에 간다는 변명 아닌 변명을 해 상황을 모면했다.

조금 흐트러진 정상이 아닌 모습을 한 20대 여성과 아기가 늦은 시각 택시를 탄 것이 못내 이상했던 모양이다.

그도 그럴 것이 성희가 일신학원에서 빠져나와 도피를 하는 중에 자신이 데리고 있는 아기를 찾는 전단을 보기도 했다.

천재아기 유괴사건으로 지금 떠들썩하다는 것을 알게 되었다.

아기를 부모님이나 할아버지라는 천하그룹 회장에게 데려가면 좋을 것이지만 현재로써는 그럴 수 없었다.

분명 일신학원에서 보낸 추적자들 중 일부는 그 근처에 잠복해 자신이 나타나기를 기다릴 것이 분명했기 때문이다.

더욱이 현재 자신의 몰골이 몰골이다 보니 쉽게 천하그룹 회장을 만나기도 전에 쫓겨날 것이 분명했다.

더더군다나 뉴스에는 유괴된 아기의 부모에 관해서는 나오지만 할아버지의 정체에 관해서는 아직 나오지 않아 솔직히 자신이 데리고 있는 아기의 정체에 확신이 없기도 해서 쉽게 천하그룹을 찾아가는 것이 두려웠다.

괜히 자신의 행적을 노출했다가 자신을 죽이려는 최제국에게 붙잡혀 가는 것은 아닌지 걱정이 되기 때문이다.

현재 최성희는 예전 대학을 다닐 때 MT를 갔다가 본 사찰을 찾아가는 중이다.

MT라면 모여서 밤새 술 먹고 떠들고 하는 그런 무의미한 MT가 아니라 지역사회를 익히고 또 그 과정에서 멤버들 간의 우의를 다지는 의미 그대로의 농활을 다녔다.

그리고 지금 찾아가는 사찰은 그녀가 대학 4년 때 마지막으로 갔던 MT장소였다.

지역에 농활을 하러 갔다가 주민 소개로 하루 묵게 된 사찰은 취업준비와 자격증 취득으로 지친 대학생들에게 정신적으로 치료가 되는 장소였다.

최성희는 그때의 기억을 더듬어 사찰을 찾아가는 것이다.

그곳은 지역 주민들 말고는 찾지 않는 사람이 없는 외진 곳에 위치했기에 현재 자신의 처지에서 아주 적당한 피난처였다.

하지만 지친 그녀가 외진 사찰을 찾아가는 것은 참으로 힘겨운 일이다.

더욱이 그녀에게는 현재 짐이 하나 있지 않은가?

그렇다고 버리고 갈 수도 없는 살아 있는 짐 말이다.

한편 최성희의 등에 업혀 가고 있는 수한은 속으로 많은 생각을 하였다.

지금까지 단 일면식도 없는 자신을 구하기 위해 성희가 하는 희생을 생각하고 있었다.

전생 이케아 대륙에서의 70년 그리고 이곳에서의 6개월을 살면서 가족이 아닌 타인을 위해 이런 희생을 하는 사람을 한 번도 본 기억이 없었기 때문이다.

'이 여성은 무엇 때문에 이런 고생을 하는 것이지? 비록 이 여인도 나와 같이 위기에 처했다 하지만 아무런 도움도 되지 않는 아기를 데리고 이렇게까지 희생을 하는 이유가 뭘까?'

아무리 생각을 해 봐도 최성희가 자신을 데리고 이렇게 도피를 하는 이유를 알 수가 없었다.

자신을 버리고 간다면 보다 쉽게 추적자들에게서 도망을 칠 수 있을 것인데, 자신의 짐을 버리면서도 자신과 또 자신이 먹을 분유는 꼭 챙겨서 도망을 치는 최성희가 무엇 때문에 이런 희생을 하는지 도저히 알 수 없었다.

사실 최성희가 지친 몸으로 여기까지 도망칠 수 있었던 것은 성희의 등에 업혀 가면서 간간히 그녀에게 힐링 마법을 사용해 주었기 때문이다.

힐링 마법에는 상처 치유뿐 아니라 지친 육체를 회복시켜 주는 기능도 있었다.

사실 수한의 이 마법이 없었다면 성희는 진즉 지쳐 쓰러졌을 것이다.

하지만 다른 곳에 힘을 쓸 일이 없는 수한이기에 성희의 들에 업혀 가면서 소모한 마력을 회복하고 도망을 치며 지친 성희를 회복시키고 또 소모한 마력을 회복하며 이런 일을 무한 반복하면서 지금까지 왔다.

지금도 보며 성희의 체력이 거의 방전되어 가고 있었다.

"힐링."

아주 작은 목소리로 마법 시동어를 중얼거렸다.

중얼거리기 무섭게 마력이 최성희의 몸으로 스며들었다.

그리고 지친 그녀의 근육과 관절에 마력이 작용해 피로 물질들을 분해하고 지친 세포에 에너지를 공급했다.

"아, 상쾌해."

너무 지쳐 무작정 목표를 향해 걷던 성희는 몸 안에 퍼지는 상쾌한 기운에 숨을 깊게 들이마시며 그렇게 소리쳤다.

다른 때 수한이 마법을 그녀에게 걸어 줄 때는 성희가 지쳐 깊은 잠에 빠져들었을 때였지만 지금은 아직 목적지에 도착하지 않은 상태에서 그녀가 너무도 지쳐 있었기에 어쩔 수 없이 깨어 있을 때 마법을 시전 하였다.

다행이라면 이런 마법의 작용을 성희는 그저 자신이 공기가 맑은 산속에 들어왔기 때문이라고 생각한다는 것이다.

몸에 힘이 돌아오자 성희의 발걸음은 다시금 속도가 붙기 시작했다.

그렇게 한참을 더 깊게 산길을 따라 들어간 성희는 눈앞에 보이는 작은 암자가 눈에 들어오자 이마에 흐르는 땀을 닦으며 안도의 한숨을 쉬었다.

드디어 목적지에 도착을 한 것이다.

이곳은 외부와 왕래가 거의 없어 이곳에 숨어 있다고 하면 찾을 수 없다.

더욱이 이곳은 전국에 걸쳐 있는 전산망이 미치지 않는 곳이기에 정확한 길을 알지 못하면 찾기도 어려운 외진 곳이다.

"실례합니다."

최성희는 조심스럽게 사찰 안에 대고 소리쳤다.

비록 큰 소리는 아니었지만 시간이 시간이고 또 한적한 산속이다 보니 그녀의 목소리는 또렷하게 주변에 울렸다.

"누구요? 누가 왔소?"

아직 불이 꺼지지 않은 대웅전에서 늙은 스님의 목소리가 울렸다.

"지쳐서 그런데 여기서 좀 유하고 가도 되겠습니까?"

최성희는 조심스럽게 대답을 했다.

"그럼 들어오시오."

스님의 대답이 있자 성희는 조심스럽게 들고 있던 짐을 대웅전 입구에 내려놓고 안으로 들어갔다.

"나무관세음보살……."

성희가 안으로 들어서자 낮은 목소리의 들려왔다.

"관세음보살……."

성희도 합장을 하며 스님의 말을 따라했다.

수한은 성희의 등 뒤에서 스님과 성희가 하는 것을 그저 두 눈을 말똥말똥 뜨며 지켜보았다.

무슨 뜻인지는 모르지만 무척이나 경건한 모습이었기에 감히 소리를 내어 분위기를 깨면 안 된다고 생각을 하였다.

한편 산 너머 백운사의 분사인 이곳 현운사 주지인 혜원은 밤늦은 시간에 이곳을 찾은 성희와 그녀가 등에 업고 있는 수한을 보며 눈이 커졌다.

'허허…… 이것이 부처님의 뜻이란 말인가?'

어젯밤 자신의 꿈자리가 그렇게나 뒤숭숭하더니 기어코 일이 벌어졌다.

꿈속에서 세상을 혼란에 빠뜨릴 아수라가 나타나더니 곧 그가 하늘에서 내리는 불광(佛光)을 쏘여 또 다른 모습으로 변하였다.

혼돈과 파괴의 상징인 아수라에서 변한 이는 바로 온 세상에 불광을 퍼뜨리며 혼란을 수습하고 약자를 구원하는 부처의 말씀을 설파하고 있었다.

'전륜성황(轉輪聖皇)!'

혜원은 수한의 얼굴에 시선이 멈춰 움직일 줄을 몰랐다.

어젯밤 꿈속에서 보았던 아수라였다가 다시 전륜성황의 모습으로 변한 이의 얼굴이 바로 아기의 얼굴과 일치했던 것이다.

그 때문에 수한의 얼굴을 한참을 쳐다보던 그는 자신도 모르게 염불을 중얼거렸다.

그런 혜원의 알 수 없는 행동에 성희는 조용히 혜원을 지켜보았다.

"허허…… 이런 오랜만에 찾아온 시주를 보니 내 실수를 했군."

혜원은 자신이 너무 전륜성황이 될지도 모르는 아기를 쳐다보았다는 것에 얼른 신색을 바로하고 실수했음을 구했다.

"일단 부처님께 인사를 드리고 쉴 곳을 안내하겠네."

혜원은 자신의 실수를 고하고 바로 대웅전에 모셔진 부처님께 안내를 했다.

그런 혜원의 말에 성희는 다시 한 번 합장을 하며 감사 인사를 하였다.

"감사합니다."

성희는 혜원의 안내에 따라 부처님 앞에 나가 포대기를

풀러 수한을 옆에 내려놓고 부처님께 절을 하였다.

그 옆에서 혜원은 목탁을 두드렸다.

한편 두 사람의 모습을 지켜보던 수한은 고개를 갸웃거릴 수밖에 없었다.

한 번도 본 적은 없지만 너무도 경건한 두 사람의 모습에 문득 이곳이 전생의 신전과 비슷하다는 생각이 들었다.

이케아 대륙에는 많은 신들이 있었고 또 그 신들을 모시는 교단(教團)이 있었다.

물론 사이비도 있고 또 탐욕에 물들어 타락한 교단도 많이 보았지만 수한의 전생인 제로미스는 신의 뜻을 행하는 신실한 신전도 목격했다.

그리고 그때 보았던 신실한 신전의 신도와 프리스트의 모습이 지금 눈앞에 보이는 대머리의 이상한 옷을 입은 장년인과 자신을 구해 준 여인에게서 보게 되었다.

수한은 그 모습에 감동을 했는지 자신도 모르는 사이 포대기에서 나와 높은 단에 앉아 있는 부처님을 보았다.

그리고 조금 전 최성희가 했던 것처럼 절을 하였다.

하지만 아직 6개월 정도밖에 되지 않은 아기의 몸이라 똑같이는 하지 못했지만 엉거주춤한 모습으로 부처님을 향하는 수한의 절은 그 모습을 보는 혜원의 눈에는 다르게 비춰졌다.

'아! 선재(善哉)로다, 선재!'

수한의 엉거주춤한 부처님에 대한 경건히 절을 하는 모습은 절대로 우습게 보이지 않았다.

혜원의 눈에 수한이 절을 하고 있는 모습은 부처님과 수한이 불광에 휩싸여 한 덩어리가 된 모습으로 보였다.

엎드린 수한의 몸 위로 단상의 부처님으로부터 내려온 불광이 비추고 있었기 때문이다.

그건 불단에 켜 놓은 촛불의 반사광은 절대로 아니었다.

촛불의 반사광만으로 그런 장엄하고 경건한 빛을 만들 수 없기 때문이다.

한편 혜원 말고도 놀라는 사람이 또 한 명 있었다.

그 사람은 바로 수한을 이곳까지 업고 온 최성희였다.

자신은 부처님께 절을 하면서 조금 뒤면 지친 심신을 쉴 수 있게 되었다는 안도감에 감사를 드리며 절을 하였다.

그런데 아기인 수한이 비록 엉거주춤하긴 했지만 절을 하는 모습을 보자 깜짝 놀랐다.

'어머! 어떻게 아기가 절을…… 이러니 최원장이 아기를 유괴를 했지.'

최성희도 자신이 강사로 있던 일신학원의 비밀을 조금은 알고 있었다.

겉으로는 대한민국의 미래인재 육성이라는 목표를 가지고

영재들을 교육하고 있지만 사실은 그것이 주목적이 아니라 학원을 후원하는 일신그룹이 필요한 인재를 양성하는 기관이란 것을 알고 있었다.

더욱이 위탁받은 아이들 말고도 몇몇 아이들은 억지로 데려와 세뇌를 하고 있다는 것도 알고 있다.

일신학원의 원장인 최제국의 정부로 살면서 이런저런 정보를 듣다 보니 그런 비밀까지 알게 되었다.

물론 이것은 전적으로 최제국의 방심으로 알게 된 일이지만 최성희도 자신이 이런 비밀을 알고 있다는 것을 알았다면 진즉에 죽었을 것이란 사실을 얼마 전에야 깨닫게 되었다.

이미 마약에 찌들고 최제국의 협박과 회유에 넘어간 상태에서도 본능적으로 그런 이야기를 들었어도 티를 내지 않아야 한다는 생각에 지금까지 아무것도 모르는 척 행동을 했었다.

그것이 이제와 생각하면 참으로 옳은 선택이었다는 것을 이제야 깨달았다.

하지만 그런 조심도 너무 큰 비밀을 가까이서 듣게 되자 못 들은 척을 하지 못했다.

너무 놀라 기척을 내는 바람에 최제국이 자신이 비밀을 들었다는 사실을 알게 되었고 죽을 위기에 빠졌다.

다행히 탈출을 하기는 했지만 앞날이 막막했다.

무작정 살기 위해 도망을 쳐 이곳까지 와 심신에 여유를 찾게 되었다.

그러면서 자신이 데려온 아기의 행동을 보게 되었다.

한 번도 가르쳐 주지 않았는데, 자신의 행동을 보고 따라 하는 모습에 놀랐다.

그리고 생각해 보니 아기는 이제 겨우 돌도 되지 않은 아기란 것이 생각났다.

'어떻게 돌도 지나지 않은 아기가 혼자 자리에서 일어나 절을 할 수 있지?'

물론 빠른 아기들은 기기도 한다.

하지만 수한처럼 행동은 아직 일렀다.

영재학원의 강사로 많은 영재아기들과 아이들을 보았지만 수한 같은 케이스는 한 번도 본 적이 없었다.

더욱이 절을 하면서 보이는 경건한 표정은 정말로 눈앞에 보이는 아기가, 정말로 아기가 맞는지 의심이 들 정도였다.

'괜히 천재가 아니구나!'

최성희는 수한의 뒷모습을 보며 다시 한 번 수한이 왜 천재라 불리는지 깨닫게 되었다.

한편 수한은 절을 하면서 속으로 생각을 정리하고 있었다.

'내가 납치를 당하게 된 것은 전적으로 내가 나를 너무 알렸기 때문이다. 부모님이 기뻐하는 모습에 우쭐해 그만 방심을 했는데, 이 세계도 전생에 못지않게 위험한 세상이다.'

수한은 자신이 현생에 환생을 하면서 너무도 안정된 세상의 모습에 방심을 했다고 반성을 했다.

전생은 이 생과 비교를 하면 무척이나 야만의 세상이다.

힘 있는 자가 힘없는 자를 핍박하는 것이 당연시 되는 그런 세상이었다.

그에 반해 이 세상에 환생을 해 놀란 것은 법이 무척이나 엄격하다는 것이다.

높은 사람이건 아니면 못 배운 하류의 인간이라 하더라도 똑같이 적용을 받는다.

그 때문에 자신의 뛰어난 모습에 기뻐하는 부모님을 보며 조금은 우쭐했다.

안전한 삶을 살게 되었으니 한 번도 경험해 보지 못한 이 행복한 기분을 계속해서 느끼고 싶다는 생각에 자신의 능력을 조금씩 외부에 내보였다.

하지만 그건 자신 혼자의 착각이었다.

어느 세계든 위험은 도사리고 있었다.

그리고 어느 곳이던 예외는 있었는데, 자신이 안전한 평

GREAT
그레이트 코리아
KOREA

화로운 세상이라 느꼈던 곳은 모두 겉모습일 뿐이었다.

경전에 보았던 마계의 음습함이 그대로 느껴질 정도로 자신을 납치하고 피를 뽑던 이들은 마계의 악종들과 별다를 것이 없었다.

전생에서도 알려지면 지탄을 받는 것을 넘어 공공의 적으로 간주될 법한 세뇌를 서슴없이 자행하는 이들을 본 수한은 자신의 실책을 반성하기에 이르렀다.

만약 지금 옆자리에 있는 여인이 아니었다면 자신은 꼼짝없이 실험재료가 되었거나 아니면 죽임을 당했을 것이다.

그리고 그건 여인과 탈출하기 전 부원장이라 불리던 남자의 말에서 알 수 있었다.

탈출을 하면서 끊임없이 여인이 자신을 보며 계속해서 중얼거리던 말도 모두 기억하고 있는 수한은 자신이 어떤 상황에서 탈출을 하게 되었는지 잘 알았다.

'내가 혼자 외부의 위협으로부터 안전해질 수 있을 때까지 절대로 나를 내보이지 않겠다.'

마치 선언이라도 하듯 수한은 마음 깊이 다짐을 하였다.

최소 5클래스의 마법을 완성하기 전에는 절대로 자신을 밖으로 드러내지 않고 보통의 아기처럼 행동을 할 것이라 마음먹었다.

그렇게 다짐을 하고 자리에 일어난 수한은 절을 하느라

몸에 힘을 주었던 것이 너무도 힘들어 그만 주저앉고 말았다.

쿵!

그런 수한의 모습에 최성희나 혜원은 너무도 귀여워 입가에 자애로운 미소를 머금었다.

혜원은 절을 마친 수한이 힘에 부쳐 주저앉는 것을 보며 어떻게 하면 아수라와 전륜성황의 운명을 함께 가지고 태어난 수한을 세상에 도움이 되게 키울 것인지 고민을 하게 되었다.

오랜 세월을 산 그의 눈에 아기를 안고 들어온 성희의 모습에서 그녀가 누군가에게 쫓겨 인적이 드문 이곳까지 들어왔다는 것을 짐작할 수 있었다.

3.
수한의 행방

대한민국 정치 1번지인 청와대 접견실 대통령은 항간에 심각하게 벌어지고 있는 대기업 간의 무차별적인 대립을 중재하기 위해 각 그룹 회장들을 불러들였다.

　웬만해서는 이렇게 대통령이 직접 중재를 위해 기업인을 부르지 않을 것이지만 그 내용을 들여다보면 너무도 심각한 문제라 중재와 함께 경고를 하기 위함이 컸다.

　"무슨 일인지 모르겠지만, 이쯤에서 화해를 하시지요."

　예전보다 대통령의 권위가 많이 떨어졌다고 하나, 아직도 대통령이 가진 권한이라면 대한민국에서 나는 새도 떨어뜨릴 대기업조차 하루아침에 무너뜨릴 수 있었다.

　그런 대통령이 심각한 표정으로 말을 하였지만 불려 온

두 그룹 회장들은 아무런 말도 하지 않고 그저 상대를 노려볼 뿐이다.

"어허! 이 사람들이……."

자신의 중재에도 아무런 대답도 않고 서로를 노려보고 있는 두 사람을 보자 대통령도 눈썹이 올라가며 목소리도 높아졌다.

"각하, 죄송한 말씀이지만 그럴 수 없습니다."

대통령의 말에 자리에 불려 온 정대한 회장은 일신그룹 회장인 신영호를 노려보며 그리 말을 하였다.

"저도 그럴 수 없습니다. 먼저 싸움을 걸어 온 것은 천하그룹입니다, 각하!"

정대호 회장의 대답에 신영호 회장도 덩달아 자신도 중재를 받아들일 수 없다는 말을 하였다.

그리고 더 나아가 이번 싸움의 원인이 천하그룹에 있다고 선언을 하였다.

"뭐라! 원인이 내게 있다고? 허참, 감히 내 손자를 유괴를 하고도 발뺌을 한다는 말인가?"

"뭐요? 유괴?!"

느닷없는 유괴라는 말에 대통령은 깜짝 놀랐다.

이게 아닌 밤중에 홍두깨라고, 유괴는 엄연히 범법 행위다.

결코 용서될 수 없는 범죄인데, 지금 기업을 운영하는 회장의 입에서 그 말을 듣게 되리라고는 대통령도 상상하지 못했다.

"그게 무슨 말입니까?"

대통령은 어제 저녁 청와대 비서실장에게서 들은 기업인들끼리 다투는 것이 도가 지나치다는 말을 듣고 중재를 하려고 했는데, 당사자의 입에서 유괴라는 범죄가 튀어 나오자 깜짝 놀란 것이다.

더욱이 한쪽의 가족이 유괴되었다는 말에 고개를 돌려 물은 것이다.

"아닙니다. 증거도 없는 날조된 주장입니다."

"날조됐다고? 허, 일신학원이 일신그룹이 그룹의 후인양성을 위해 만들어 놓은 사설기관이란 것을 대한민국이 다 알고 있는데, 지금 내가 거짓말을 하고 있다고? 신 회장 말은 똑바로 합시다."

"뭐요? 일신학원이 우리 그룹에서 후원을 하고 있기는 하지만 독립적인 교육기관이오. 그곳에서 어떤 일이 벌어지던 우리 그룹과는 아무런 상관이 없단 말이오. 그런데 그걸 핑계로 우릴 테러한단 말이오?"

자신의 질문이 나오기 무섭게 두 사람이 거칠게 말싸움을 하자 대통령은 착 가라앉은 눈빛으로 두 사람을 쳐다보았다.

말은 하지 않았지만 대통령도 조금 전 천하그룹 정대한 회장이 한 일신학원에 대하여 조금은 알고 있었다.

두 사람을 불러들이기 전 무엇 때문에 두 대기업이 충돌을 하는 것인지 원인을 알아본 때문이다.

원인을 알아야 중재를 할 것이기에 싸움의 원인에 대하여 조사를 하는 과정에서 천하그룹의 정대한 회장의 막내아들의 아들, 즉, 친손자가 이번 일에 연관이 있음을 알게 되었다.

그도 몇 달 전 잠깐 보고를 받은 적이 있던 천재아기가 바로 정대한 회장의 손자라는 것이 의외이긴 했지만, 아무튼 그 아기가 유괴되었다는 뉴스도 알게 되었다.

그리고 아기를 유괴한 집단으로 일신그룹이 후원하는 일신학원이 지목되었다.

정확한 정보인지는 모르겠지만 자신이 듣기로 분명 문제의 소지가 있었다.

분명 일신학원은 일신그룹이 인재수급을 위해 후원하고 있는 곳이었다.

그리고 그곳에서 양성된 인재들이 많은 비중으로 일신그룹에 입사를 한다는 것도 잘 알고 있다.

그런데 이번에 일신학원에서 불법행위가 발견되었다.

"신 회장! 정말로 그 일과 일신그룹은 연관이 없는 것이 확실합니까?"

대통령은 의심이 가득한 눈으로 신영호 회장에게 물었다.

"각하! 억울합니다. 저희 그룹에서 그 학원을 후원한 것은 사실입니다. 하지만 범죄를 저지른 사람은 학원의 부원장이 개인적으로 그런 것이라고 경찰에서 발표를 하였습니다."

신영호 회장은 경찰이 발표한 내용을 그대로 알렸다.

하지만 이를 듣고 있던 정대한은 눈을 부라리며 소리쳤다.

"헛소리, 부원장이 혼자서 그런 일을 저질렀다고? 그럼 학원 지하에 있던 그 시설들은 다 뭔데!"

정대한은 천하가드의 이종찬 사장이 찍은 일신학원 지하에 만들어진 설비들이나 그 안에 있던 아이들의 상태에 관해 다 알게 되었다.

수한의 안전이 불확실하다는 판단에 빠르게 급습을 하여 일신학원을 기습한 이종찬 사장은 학원을 장악하고 통재하면서 학원 내부를 이 잡듯 뒤졌다.

하지만 그 어느 곳에서도 목표인 수한의 그림자도 보지 못했다.

일신학원 원장과 부원장을 모두 잡은 이종찬은 두 사람을 바닥에 무릎 꿇리고 그 앞에 앉아 물었다.

"아기는 어디에 있나?"

"아기라니, 아기를 찾으려면 탁아소를 찾아가야지 왜 여기 와서 행패를 부리는 것이오."

이종찬 사장의 질문에 최제국은 잔득 기가 죽은 모습으로 대답을 했다.

하지만 그 옆자리에 같이 무릎을 꿇고 있는 이안용은 무척이나 불안한 표정을 하고 눈알을 굴리고 있었다.

정면에서 두 사람을 보고 있던 이종찬의 눈에는 이런 두 사람의 행동이 여실히 들여다보이고 있었다.

"후후, 당신은 아니라고 하지만 옆에 있는 자는 내 질문이 무얼 말하고 있는지 잘 알고 있나 보군! 안 그런가?"

질문이 자신에게 돌려지자 이안용의 불안감은 더욱 커졌다.

"모, 모릅니다."

이미 기가 잔득 꺾인 이안용의 대답은 그의 말에 신빙성을 주지 못했다.

잔득 떨리고 있는 그의 목소리는 자신이 거짓을 말하고

있음을 보여 주었다.

"참 피곤하게 하는군."

이종찬은 대답을 하고 있는 이안용을 보며 입가에는 미소를 지으며 그렇게 대답을 했다.

마치 자신을 즐겁게 해줄 장난감이 재롱을 피우고 있다는 듯이 말이다.

"사장님! 잠시 이것을 보십시오."

막 사리에서 일어나 최세국과 이안용이 있는 곳으로 다가가려던 때, 급히 안으로 들어오던 한 남자가 뭔가를 보여 주었다.

남자가 보여 준 것은 테블릿 화면이었는데, 그 안에는 어떤 여자가 아기를 안고 주차장을 질주하는 모습이었다.

그리고 화면이 바뀌고 차는 지하 주차장을 빠져나가 지상을 맹렬히 질주하여 저지하려는 경비들을 뚫고 학원 정문을 빠른 속도로 빠져나가는 영상이었다.

"이게 뭐야?"

"사장님, 여기 보조석을 자세히 보십시오."

사내는 자신의 질문에 자동차 보조석을 자세히 보라는 말을 하였다.

그 말에 이종찬은 다시 한 번 화면을 조작해 다시 한 번 학원을 빠져나가는 차의 보조석을 주시했다.

그런데 보조석에는 아기를 싼 포대기가 보였다.

카메라 각도 때문에 자세히 확인할 길은 없지만 분명 아기를 싸고 있는 포대기가 맞았다.

속도를 조금 느리게 조작을 하니 화면이 천천히 흐르기 시작하고 막 지하 주차장을 빠져나갈 때 조금 전보다 차 안이 자세히 찍힌 화면이 나왔다.

그리고 그 안에 아기 얼굴이 확실하게 찍혔다.

"확실하군!"

차 안에 아기의 얼굴을 확인한 이종찬은 고개를 돌려 최제국과 이안용을 쳐다보았다.

"이래도 거짓말을 할 것인가?"

최제국은 하필 증거를 지워버리기 전에 이들에게 보안실 카메라 정보가 넘어간 것에 인상이 절로 구겨졌다.

'젠장! 다 틀렸군!'

모든 일이 틀어졌다는 생각에 그의 시선은 자신의 옆에 있는 이안용에게 돌아갔다.

자신이 지시한 일만 제대로 처리만 했더라면 이런 일은 없었을 것인데, 제 욕심을 부리다 흔적을 남긴 것이다.

하지만 여기서 모든 것을 실토할 수는 없었다.

그랬다가는 자신은 모든 것이 끝장이었다.

"나는……."

막 최제국이 뭔가 대답을 하려던 때 경찰이 들이쳤다.

"신고를 받고 왔습니다. 당신은 누군데 여길 불법점거하고 있는 것입니까?"

경찰이란 말에 최제국의 표정이 조금 전과는 180도 다르게 밝아졌다.

경찰도 아닌 이들이 폭력을 행사하며 자신을 억압했으니 저들은 경찰에 붙잡혀 갈 것이고 자신이 합의를 보지 않는다면 구속이 되는 것이다.

참으로 극적인 순간이 아닐 수 없었다.

"난 천하그룹 산하 천하가드라는 보안회사 사장인데, 우리 회장님 손자가 이곳에 유괴가 되었다고 해서 찾으러 온 것이오."

이종찬은 경찰이 다가오지만 차분한 얼굴로 자신이 이곳에 있는 이유를 설명했다.

"그럼 밖에 있는 사람들은 천하가드 직원들이란 말입니까?"

"그렇소, 아마 당신들도 들었을 것이오. 천재아기 유괴사건이라고."

경찰들은 학원에 불한당들이 침입해 불법점거하고 있다는 신고를 받고 출동을 하였는데, 갑자기 이들이 자신들은 경호회사 사장과 직원이고 유괴사건의 피해자를 찾아왔다 하자 어떻게 해야 할지 갈피를 잡을 수가 없었다.

더욱이 자신들도 그 사건은 잘 알고 있었다.

관내에 발생한 사건은 아니지만 외무부 사무관의 아들이 유괴되어 상부에서 수사팀이 꾸려졌다는 것을 잘 알고 있는 사건이었다.

"아닙니다. 우린 유괴와 아무런 상관도 없습니다."

최제국은 일단 이 순간을 모면하기 위해 이종찬이 경찰에 하는 말을 반박했다.

이 순간만 모면하면 자신의 뒤에 있는 일신그룹에서 어떻게든 사건을 무마해 줄 것이란 믿음이 있기에 상황을 모면하기 위해서 거짓을 말했다.

"이들의 정체가 정말로 경호회사의 직원인지 아닌지 모르겠지만 이들은 불법으로 이곳에 침입해 경비원들을 제압하고 저희도 이렇게 억압하고 있었습니다."

다른 때 같았으면 출동한 경찰들에게 이렇게 조심스럽게 말을 하지 않았을 것이지만 현재로써는 그들만이 자신을 억압하고 있는 이종찬에게서 풀어 줄 수 있으니 구명줄을 잡은 조난자처럼 매달렸다.

한편 출동한 경찰은 갈피를 잡을 수 없었다.

두 사람의 말을 들어 보면 한 사람은 대그룹 계열사 사장이라 하니 신원이 확실한 사람이고, 또 한 사람은 이곳 학원 원장이니 이 사람도 신원이 확실했다.

그런데 한 사람은 학원장이 아기를 유괴했다고 주장하고, 또 한 사람은 자신들은 그런 적이 없다고 말을 하면서 눈앞에 있는 사람에게 불법점거를 하고 자신들을 협박하고 있다고 주장하였기에 경찰로서는 참으로 난감한 순간이었다.

자신의 눈으로 보기에 분명 말을 하고 있는 학원장이 피해자 같기는 한데, 그렇다고 눈앞에서 학원장이 아기를 유괴했다고 주장을 하고 있는 사람의 신분도 확실하니 자신의 선에선 어떤 결정을 할 수가 없었다.

"일단 모두 경찰서로 동행을 해 주시기 바랍니다."

자신이 판단할 수 없다고 생각한 경찰은 이종찬과 최제국에게 경찰서로 동행을 해 줄 것을 요청했다.

괜히 한쪽 말만 들었다가 아니게 된다면 자신으로서는 감당할 수 없는 문제가 될 소지가 있었기 때문이다.

자신이 알기론 여기 일신학원도 뒤에 일신그룹이라는 대기업이 도사리고 있고 도 눈앞에 있는 다부진 남자도 자신을 소개할 때 천하그룹이라고 했다.

유괴된 아기가 천하그룹 회장 손자라 했고, 자신의 신분은 그룹계열사 중 하나인 경호회사 사장이라고 했다.

경찰서에 도착을 하자 일신그룹의 변호사가 이미 도착해 있었다.

어떻게 알았는지 그들은 이미 변호인단을 구축하고 경찰서로 들어오는 최제국 원장을 기다리고 있었던 것이다.

"원장님, 모든 답변은 저희가 입회하에 하시기 바랍니다."

최제국은 사건이 터지자마자 일신그룹 상층부에 보고를 하였다.

이안용에게 흔적을 지우라는 명령을 한 뒤 사건 수습을 위해 보고를 하였는데, 일신그룹에서는 자신들의 정보망을 통해 최제국이 납치를 한 아기의 정체를 확인하고 벌어지고 있는 상황을 추적하는 중 천하가드의 이종찬 사장이 직접 움직였다는 정보를 취득했다.

그래서 부랴부랴 변호인단을 꾸려 경찰서로 파견했다.

"천하그룹은 불법적인 무력으로 일신학원을 무단점거하고 폭력을 행사했습니다. 우리 일신그룹 변호인단은 이번 사건에 연루된 이들을 형사고발하며 천하그룹도 그 책임을 면치 못할 것입니다."

일신그룹에서 나온 변호인단의 우두머리인가 나와 경찰을 향해 그렇게 소리쳤다.

그런 모습을 지켜보고 있던 이종찬은 차가운 미소를 지으며 아까 전 일신학원의 보안실에서 확보한 동영상을 갈무리했다.

결정적인 증거가 있으니 함부로 그것을 내돌렸다가는 언제 어느 때 증거를 조작할지 몰랐기에 결정적인 순간에 그 증거를 법원에 제출할 생각이다.

이렇게 경찰서는 이종찬과 40명이나 되는 무력대 인원, 그리고 이들에 맞선 일신학원 보안요원과 최제국과 이안용 그리고 그들을 변호할 변호인단 때문에 무척이나 혼란스러웠다.

그런데 경찰들이 보기에 참으로 이상한 모습이 경찰서 내에서 벌어지고 있어 고개를 갸웃거렸다.

피해자라고 주장하는 일신학원 쪽 인사들은 어떻게든 사건을 조용히 처리하려고 하지만, 천하가드 사장과 직원들로 보이는 이들은 무척이나 차분한 모습을 보이고 있어 참으로 대조적이었다.

그리고 이 모습은 어떻게 알았는지 경찰서를 기웃거리던 사회부 기자에 의해 포착이 되어 방송을 타게 되었다.

"각하, 이 동영상을 보십시오."

정대한 회장은 자신의 스마트 폰을 꺼내 보이며 어떤 동영상 하나를 작동시켰다.

그 동영상은 어떤 건물의 실내를 찍은 모습인데, 그 안에는 많은 어린아이들이 온 몸에 전선을 여기저기 부착하고 무언가 테스트를 받고 있었다.

그리고 그 한쪽에는 하얀 가운을 입은 어른들이 테블릿을 조작하며 아이와 기계장치 간의 무언가를 체크하였다.

"이게 뭡니까?"

대통령은 정대한 회장이 보여 주는 동영상의 정체를 물었다.

"그게 바로 일신학원에서 자행되고 있던 실험입니다."

"뭐요! 실험?"

정대한은 동영상의 정체에 관해 물어보는 대통령에게 그 동영상이 바로 자신들이 확보한 일신학원의 비밀 실험이라 말하였다.

그런 정대한 회장의 말에 일신그룹의 신영호 회장은 낯빛이 창백해지며 거짓이라고 소리쳤다.

"거짓입니다. 그것만 가지고 무슨 인체실험을 한 것처럼 말을 하는데 말도 되지 않는 억지입니다."

신영호 회장은 어떻게든 저 동영상이 거짓이라 말해야만

했다.

저 동영상이 사실이라면 일신학원과 연관이 있는 일신그룹은 큰 타격을 입을지도 모르기 때문이다.

하지만 그런 신영호 회장의 말은 동영상을 보고 있는 대통령의 귀에 들어오지 않았다.

동영상은 그 하나만이 아니었기 때문이다.

동영상이 끝나고 또 다른 파일이 나왔기 때문이다.

대통령은 보고 있던 스마트 폰을 정대한 회장에게 넘겨주지 않고 또 다른 동영상 파일을 열었다.

거기에는 어떤 남자가 여성과 아기를 어딘가로 데려가는 모습이 찍혀 있었다.

한참 돌아가던 화면 안에 그 남자는 여자와 아기를 어떤 방으로 데리고 들어갔는데, 잠시 뒤 여성이 아기를 안고 급하게 나오며 어디론가 달려가는 모습이었다.

복도를 걸을 때도 정상적인 모습은 아니었는데, 지금 모습은 무언가에 쫓기듯 도망치는 모습이어서 대통령은 눈을 떼지 못했다.

"거기 여인이 안고 있는 아기가 바로 제 손자입니다."

정대한의 말은 결정적인 말이었다.

"그게 정말입니까?"

"예, 제 아들이 확인했습니다."

"그럼 이 여성과 아기는 어디 있습니까?"

"그게…… 아직까지 실종상태입니다."

"실종이요?"

"그렇습니다. 그 뒤 동영상을 보시면 여성이 급하게 차를 타고 그곳을 빠져나가는 영상을 보실 수 있으실 것입니다."

대통령은 정대한 회장의 말에 얼른 그 옆에 있는 동영상 파일을 클릭했다.

화면 속에는 여성이 급하게 차를 타고 주차장을 빠져나가는 영상이 상영되었다.

그리고 그 뒤로 차를 쫓아가는 경비원이 보였다.

"음……."

동영상을 확인한 대통령은 차가운 눈으로 신영호 회장을 쳐다보았다.

"이게 사실입니까?"

대통령의 물음에 신영호 회장은 머리를 굴리기 시작했다.

여기서 삐끗했다가는 일신그룹은 사상누각이 되어 무너지고 말 것이다.

자신이 어떻게 해서 일신그룹을 이룩했는데, 여기서 무너질 수는 없었다.

"저희와 일신학원은 연관이 없습니다. 저희는 그저 유능한 인재를 공급받기 위해 학원에 지원을 하였고 그동안 정상적으로 운영이 되고 있단 보고를 받았습니다. 그리고 조금 전에 보셨던 영상의 남자가 그 학원 부원장인데 그자가 이번 일의 주체라고 들었습니다."

신영호 회장은 더 이상 발뺌을 했다가는 큰일 날 것이란 예상을 하고 일단 발을 빼기로 하였다.

그리고 동영상에 나왔던 이안용이 혼자 저지른 일이라 주장했다.

쾅!

"그럼 여기 이 동영상은 뭡니까!"

신영호 회장의 답변이 마음에 들지 않은 대통령은 자신의 앞에 있는 탁자를 세게 치며 소리쳤다.

하지만 이미 답변에 대한 준비를 하고 있던 신영호였기에 바로 변명을 하였다.

"그건 영재로 판명된 아이들을 교육시키는 학습프로그램입니다. 겉보기에는 조금 이상한 실험같이 보이겠지만 절대 이상한 것이 아닙니다. 스포츠 스타들의 신체능력을 체크하는 장치와 비슷한 것으로 학습과정에서 영재들이 보이는 반응을 살피기 위한 장치입니다."

신영호 회장의 답변을 듣고 보니 또 그렇게 이상해 보이지 않기도 했다.

'하…… 이거 너무 과도하게 싸우는 것 같아 말리려 했

는데 이렇게 감정이 대립하고 있으니…….'

대통령은 원래 취지와는 다르게 심각한 사정이 있는 것에 갈등을 하였다.

분명 동영상을 보면 천하그룹 회장의 주장대로 영유아 유괴가 확실했다.

이는 심각한 범죄 행위다. 그런데 이걸 일신그룹이 뒤에서 조종했다는 증거도 그렇다고 아니라고도 할 수가 없는 상태다.

철저한 조사가 이루어져야 할 일이다.

하지만 그건 경찰이나 검찰에서 할 일이고 현재 천하그룹과 일신그룹이 대립을 하고 있는 것은 막아야만 했다.

조사 후 정말로 범법 행위가 적발이 되고 또 천하그룹의 주장대로 일신그룹이 그 일에 연루가 되었다면 그에 합당한 처벌을 받아야 할 일이다.

한참을 고심하던 대통령은 어찌 되었든 여기서 두 그룹의 싸움을 멈추게 해야 한다는 결론을 내렸다.

재계순위 상위의 그룹이 대립을 하고 있으니 경재가 더욱 침체되고 흉흉해졌다.

"일단 이 일은 검찰청장에게 철저하게 조사를 하라고 할 테니 두 분은 더 이상 싸움을 멈추세요. 잘잘못은 검찰에 맡기고 두 분은 본분에 충실하시기 바랍니다. 아시겠어요?"

대통령의 날선 충고에 정대한 회장이나 신영호 회장은 하는 수 없이 대답을 할 수밖에 없었다.

"알겠습니다."

"잘 알겠습니다."

띠!

─예, 부르셨습니까?

"비서실장! 검찰청에 연락해서 최 청장 들어오라고 해!"

대통령은 두 사람의 대답을 듣자마자 인터폰을 눌러 비서실장을 불러 검찰청장을 호출했다.

검찰청장을 호출한 대통령은 다시 시선을 두 사람에게 주며 말을 하였다.

"더 이상 안 됩니다. 이 일은 내가 철저히 조사해 관련자들을 모두 법의 심판을 받게 할 것이니 그리 아시고 본업에 열중하세요."

자신의 할 말을 끝낸 대통령은 자리에서 일어나 두 사람을 배웅하고 자신의 집무실로 들어갔다.

한편 청와대 밖으로 나온 정대한은 신영호 회장을 돌아보며 낮게 으르렁거렸다.

"이게 끝이라 생각하지 마시오."

자신을 향해 위협을 하는 정대호 회장의 모습에 신영호 또한 차가운 말투로 받아쳤다.

"하룻강아지 범 무서운 줄 모른다더니 딱 그 짝이군! 너야말로 조심해!"

두 사람은 서로가 넘지 말아야 할 강을 건넜다는 것을 알고 있었다.

이미 상대의 진의를 알고 있으니 둘 중 하나가 쓰러지기 전까진 끝나지 않을 싸움이 시작되었다는 것을 말이다.

대통령의 중재로 천하그룹과 일신그룹 간의 대립은 끝난 듯하였지만 사실은 그렇지 않았다.

아니 그렇겠는가? 자신의 피붙이가 유괴되어 실종이 되었고 그 범인과 연관돼 있는 자들을 그냥 두고 볼 수는 없었다.

아무튼 이렇게 천하그룹과 일신그룹의 대립으로 대한민국이 떠들썩할 때, 지리산 깊은 곳에 위치한 현운사에서는 또 다른 일로 소란이 일었다.

"에휴, 시주는 그냥 여기 아기보살님이나 돌보고 있으시오."

혜원은 저녁 공양을 하겠다고 부엌에 들어간 최성희로 인해 이마에 주름이 잡혔다.

벌써 며칠 째인지 모르겠다.

처음에는 그래도 여자가 하는 밥이니 자신이 하는 것보다 맛있겠지라는 생각에 그녀가 밥을 하겠다고 할 때 얼른 그 일을 맡겼다.

하지만 부엌을 맡기고 얼마 지나지 않아 그 일을 후회하게 되었다.

사실 그도 그럴 것이 도시에서만 살아온 최성희가 가마솥으로 밥을 지어 보았겠는가?

당연 그녀가 한 밥은 위는 설익고, 밑은 탄 삼층 밥이 되었다.

사실 최성희도 자신이 이렇게 살림을 못하는지 처음 알았다.

밥이야 버튼 하나로 끝나는 것이었는데, 아무리 찾아봐도 밥솥이 보이지 않았다.

그래도 본 것은 있어 물은 대충 맞추고 불을 지폈다.

그리고 언제 뜸을 들이고 하는 것도 없이 계속 물을 땠다.

나중에 솥에서 탄내가 났을 때 부랴부랴 불을 꺼 보았지만 밥은 삼층이 되어 있었다.

첫날 실수를 한 최성희는 자신의 실수를 만회하겠다며 계속해서 부엌을 맡았다.

물론 혜원은 불안한 눈으로 그것을 보면서도 어쩔 수 없이 맡겨 보았지만 역시였다.

너무도 간절한 눈빛의 그녀가 부탁을 하니 측은지심이 들어 맡겼지만 그에게 돌아온 것은 역시나 삼층 밥뿐이었다.

"시주 밥은 내게 맡기고 어서 아기보살님의 먹을 것을 준비하시지요."

혜원의 말에 더 이상 고집을 부릴 수 없던 최성희는 혜원의 말대로 수한의 먹을 분유를 타기 위해 따뜻한 물을 가지고 객방으로 갈 수밖에 없었다.

"죄송합니다, 너무 서툴러서."

"아닙니다. 도시에서만 생활했을 시주가 이런 재래식 밥솥으로 밥을 하기는 어려웠을 것입니다."

사죄를 하는 최성희의 말에 혜원도 다 알고 있다는 듯 괜찮다는 위로를 해 주었다.

혜원의 위로를 뒤로하고 성희는 수한의 분유를 타기 위해 이동을 했다.

혜원은 성희가 부엌을 나가고 주변을 둘러보았다.

총체적 난국이었다. 어디부터 손을 대야 할지 참으로 난감했다.

불과 며칠 되지 않았지만 자신이 손을 뗀 지 며칠 만에 부엌은 초토화가 되어 있었다.

자신이 쓰던 대로 부엌을 정리한 혜원은 저녁을 준비하기 시작했다.

조금 늦기는 했지만 이미 수십 년을 해 온 일이라 최성희가 준비를 하던 것보다 빠르게 저녁 공양이 준비가 되었다.

◈　　　◈　　　◈

저녁을 먹고 독경을 하고 혜원의 하루 일과가 끝났다.

일과를 마치고 잠시 대웅전에서 나와 계곡을 보며 생각을 정리하고 있는 혜원의 뒤로 최성희가 다가왔다.

수한은 늦은 시간이라 이미 잠이 들어, 성희는 수한을 재우고 잠시 나온 것이다.

"스님, 혹시나 밖의 소식 좀 들으신 것 있으신가요?"

성희는 오늘 아침 혜원이 본사인 백운사로 현우사에서 쓸 공양을 받기 위해 내려갔을 때 혹시나 다른 소식을 들은 것이 있는지 물어본 것이다.

"왜? 이곳 생활이 지겨우시오?"

"아닙니다."

성희는 혜원의 질문에 대답을 하였다.

며칠 절에 있으면서 마음이 많이 안정이 되어 전처럼 그리 불안한 마음은 많이 가셨다.

하지만 그렇다고 자신이 죽을 뻔했다는 것을 아주 잊어버린 것은 아니다.

그렇기 때문에 혹시나 자신을 추적하던 사람이 이곳까지 찾아오지는 않을까, 하는 생각에 다른 소식이 있는지 물어본 것이다.

"뭐, 큰 회사들이 싸움을 하는지 시끄럽긴 하더이다."

"네?"

혜원의 뜬금없는 말에 성희는 그가 무슨 소리를 하는지 알 수가 없어 고개를 갸웃거렸다.

하지만 혜원은 첫날 성희가 찾아와 사정을 이야기할 때 수한의 정체에 대하여 들었기에 오늘 낮에 들은 이야기를 들려준 것이다.

그런데 아직 말뜻을 이해 못한 성희가 의문의 표정으로 다시 물어보자 혜원도 자신이 너무 앞서 갔다는 생각을 하고 다시 자세히 이야기를 풀어 주었다.

"아기보살의 집안에서 범인들에 대하여 알았는지 그들과 싸움을 크게 했다는군요."

성희는 혜원의 이야기를 듣고 눈이 커졌다.

수한의 집안이라면 천하그룹이라고 들었다.

그런데 그 천하그룹이 일신학원이 수한을 유괴한 것을 알고 공격을 했다는데 이해가 가지 않았다.

굳이 기업인이 일신학원을 공격할 것이 뭐가 있겠는가?
그냥 경찰에 신고를 하면 될 일인데 말이다.

이런 생각을 하고 있는데, 혜원은 자신이 들은 이야기를
계속해서 들려주었다.

"천하그룹과 일신그룹이 너무도 첨예하게 대립을 하니
나라에서 중재를 했다는군."

"그럼 이젠 돌아가도 안전할까요?"

성희는 수한의 집안에서 나섰으니 돌아갈 수 있을시 궁금
해졌다.

하지만 혜원은 수한을 이대로 돌려보낼 수가 없었다.

꿈속에서 수한을 보았고 그것이 부처님의 암시라 생각한
것이기에 한동안 수한을 자신이 데리고 가르쳐야 한다 생각
했다.

불가(佛家)에서 학문을 수련해야 장차 아수라의 운명에
처할 수한이 미몽에서 벗어나 아수라가 아닌 본연의 운명인
전륜성황의 길로 들어설 것이기 때문이다.

그리고 그 길을 알려 주는 것이 자신의 소명이라 생각한
나머지 혜원은 성희의 질문에 고개를 흔들었다.

"아직은 안심할 때가 아니오. 아니, 오히려 지금이 더 위
험할지도 모릅니다."

"왜 그렇지요? 천하그룹에서 나섰다면 충분히 안전할 것

도 같은데…….”

“그렇게 생각할 수도 있지만, 상대도 만만한 곳이 아니지 않습니까? 일신그룹이라고 하던데, 비록 제가 산사에 오래 있었다고 하지만 천하그룹이나 일신그룹을 모르는 것이 아닙니다. 두 그룹에는 시주가 모르는 비밀이 있습니다.”

무엇을 알고 있는지 혜원은 성희에게 천하그룹이나 일신그룹이 단순한 기업이 아니라 뭔가 비밀이 있는 곳이라 말했다.

“비밀이요?”

“예, 천하그룹은 그 연유가 고려 때 무가가 그 뿌리고, 또 일신그룹도 역사가 그리 오래되지는 않았지만 해방 직후 일본에서 건너온 그 뿌리가 의심되는 자들이 이 땅에 자리를 잡고 지금의 성세를 이룩한 집단이오.”

성희는 혜원의 말을 들으면서 잘 이해가 가지 않았지만 일개 학원 강사였던 자신이 감당할 수 없는 비밀이 있다는 것만은 알 수 있었다.

“그럼 어떻게 해야 할까요?”

“전에도 내가 말씀드렸지만, 이 모든 것이 부처님이 예비한 인연입니다. 시주가 모셔 온 아기보살은 어떻게 성장하느냐에 따라 세상을 혼돈으로 몰아갈 아수라의 운명과, 세상을 광명으로 이끌 전륜성황의 운명 이렇게 두 가지 운명을 타고 태어났소."

혜원이 하는 이야기를 듣고 있던 성희는 또 다시 무슨 설화와 같은 이야기를 하는 혜원의 말을 듣게 되자 눈만 깜박거렸다.

"시주도 느끼겠지만 아기보살님은 특별한 존재란 것을 알 수 있을 것입니다. 아니 그렇습니까?"

방심을 하다 질문을 듣게 된 성희는 갑작스런 질문에 긍정의 대답을 하였다.

"네. 아, 예."

그녀도 수한의 비범함은 익히 깨닫고 있었다.

도망을 치면서 수한에 대한 뉴스를 접하고 이곳 현운사에 도착한 날 눈으로 목격하지 않았던가?

돌도 되지 않은 아기가 자신이 한 행동을 따라하는 것은 물론이고, 마치 그 의미를 알고 있다는 듯 진지한 표정을 짓고 있던 표정까지 말이다.

"아직 아기라고 하지만 아기보살님은 자신이 겪은 모든 것을 알고 있습니다. 그 속에 쌓인 분노의 불길을 재우지 않는다면 그것은 나중에 걷잡을 수 없이 타올라 세상을 불태울 것이오."

혜운의 이야기를 듣던 성희는 그의 말에 빠져들고 말았다.

그리고 머릿속에 수한으로 인해 세상이 불타는 모습이 그려졌다.

상상만으로도 끔찍한 광경이 아닐 수 없었다.

똑똑한 수한이 장성해 자신의 똑똑한 지능을 이용해 분란을 조장한다면 현세에 지옥이 펼쳐질 것만 같았다.

"스님의 말씀 잘 알겠습니다."

불편한 이곳 생활을 벗어나 익숙한 도시로 돌아가고 싶은 마음이 간절했지만 미래를 위해서는 참아야만 했다.

어차피 자신은 일신학원이나 일신그룹의 추적을 받을 수밖에 없다.

자신이 천하그룹에 수한을 데려다준다고 해서 평생 그들이 자신을 지켜 줄 것이란 생각을 할 수도 없었다.

처음에는 그럴 수도 있겠지만 기업인들의 생각은 똑같다 생각하는 성희인지라 조금 불편하지만 안전이 더 중요하다 생각하고 혜원의 말을 따르기로 했다.

◆　　　◆　　　◆

"아버지, 이대로 끝입니까?"

"어쩔 수 없다. 대통령의 명령이기에 더 이상 저들과 대립을 할 수가 없게 되었다."

정명수는 자신의 아버지를 찾아 따졌다.

자신의 아들을 납치한 자들을 두둔하는 일신그룹을 그냥 둘 수가 없었다.

더욱이 주범인 일신학원의 원장 최제국을 빼돌린 일신그룹을 용서할 수가 없어 그동안 천하그룹과 일신그룹 간의 대립에 적극적으로 호응을 했다.

그런데 자신의 아버지가 그 싸움에서 발을 빼려고 하자 이렇게 찾아온 것이다.

하지만 정대한 회장도 어쩔 도리가 없었다.

대통령의 명령 아닌 명령에 반발을 했다간 그룹이 남아날 수가 없기 때문이다.

"각하께서 수한이를 찾는 데 모든 공권력을 동원하고 또 이번 일에 연관된 자들을 철저히 조사해 처벌을 한다고 하니 각하를 믿어 보자!"

자신의 아버지가 대통령을 믿어 보자는 말을 하지만 정명수는 그래도 참을 수가 없었다.

눈에 넣어도 아프지 않을 아들이었다.

그런데 그 보석보다 빛나는 아들이 한 달이 다돼 가도록 어디 있는지 찾을 길이 없다.

자신의 아내는 그 충격에 아직도 헤어 나오지 못하고 있으며 딸 또한 동생이 유괴된 뒤로 생기가 사라졌다.

사랑하는 아내와 딸의 슬픔에 잠긴 모습을 지켜보는 명수는 하루하루가 지옥이었다.

명수는 유괴된 아들을 찾지 못하는 자신이 너무도 무능력한 가장으로 자괴감이 들었다.

유괴한 범인들을 잡고 그들이 자신의 아들을 유괴한 이유가 똑똑해서라는 말에 명수는 자신의 욕심 때문에 이번 사건이 벌어진 것만 같아 아내와 딸 그리고 아직도 실종 상태에 있는 아들에게 미안했다.

한편 자신의 말에 낙담을 하고 절망에 빠져 있는 아들의 모습에 정대한 또한 속에서 끓어오르는 분노를 참을 길이 없었다.

입으로는 곳 찾을 수 있다고 말을 하고 있지만 현재로써는 어떤 가망성도 보이지 않고 있었다.

하늘로 솟았는지 땅으로 꺼졌는지 알 수가 없으니 참으로 미칠 노릇이다.

정대한 또한 정명수 못지않게 자신이 그동안 아들 가족에 너무도 무심했다고 생각했다.

자신이 조금만 신경을 썼더라면 이런 일이 벌어지지 않았을 것이라 생각하며 조금만 더 일찍 아들과 며느리를 인정했더라면 하는 후회를 하였다.

◈　　◈　　◈

쾅!

일신그룹 회장실은 지금 무척이나 어수선했다.

"내가 겨우 천하그룹의 정대한 따위에게 이런 수모를 겪어야 한단 말이야!"

일신그룹 회장인 신영호는 지금 화를 참을 수가 없었다.

한 번도 자신의 상대라고 생각지도 않던 천하그룹이 자신의 발목을 잡는 것에 너무도 화가 났다.

와장창!

자신의 화를 주체하지 못한 신영호는 자신의 책상 위를 휘저으며 그 위에 있던 것을 쓸어버렸다.

그 때문에 책상 위에 있던 물건들이 바닥에 떨어지면 요란한 소리를 냈다.

한편 너무도 격해 있는 신영호 때문에 그의 비서진들은 비상이 걸렸다.

보고할 것이 있지만 화가 나 있는 신영호 때문에 함부로 안으로 들어오지 못했던 것이다.

"비서실장 들어와!"

"예."

어느 정도 시간이 흐르자 신영호도 화가 가라앉자 비서실장을 불렀다.

그의 부름이 있자 바로 밖에서 대답이 들리고 비서실장이
안으로 들어왔다.

"부르셨습니까?"

"그래, 그 새끼는 어떻게 했어?"

비서실장은 신영호가 말하는 그 새끼가 누군지 알고 있는
지 바로 대답을 했다.

"일단 일본으로 보냈습니다."

"그래, 다행이군! 개새끼. 일 하나 재대로 못하고 일을
이 지경으로 만들어?!"

말을 하다 말고 다시 화가 치미는 것인지 말을 끊었다.

"본국에서는 뭐라고 하던가?"

"조용히 마무리 지으란 명령입니다."

"젠장! 내가 이젠 딴 놈이 싼 똥을 치워야 하는 처지에
이르다니……."

신영호는 쇼파에 깊숙이 몸을 묻으며 한탄을 하였다.

그런데 두 사람의 대화가 이상했다.

마치 두 사람은 자신들이 한국인이 아니란 듯 대화를 주
고받고 있으며 또 뒤에 누군가 있는 것처럼 말을 하고 있었
다.

사실 신영호와 그의 비서실장은 한국인이 아닌 제일한국

인이었다.

즉, 국적이 한국이 아니라 일본이었던 것이다.

뿐만 아니라 신영호가 회장으로 있는 일신그룹은 사실상 일본이 한국자본을 잠식하기 위해 오래전 침투시킨 위장기업이었다.

이 일신그룹 외에도 이와 비슷한 목적으로 한국에 침투한 일본기업이 상당했다.

다만 그중 일신그룹이 가장 규모가 컸기에 그런 기업들의 대표로 일본에 있는 배후와 연락을 주고받고 있다.

"변호사들은 뭐라고 해?"

"모든 증거를 부원장인 이안용에게 가게 조작을 했으니 더 이상 저희를 의심할 수는 없을 것이라 합니다. 다만……."

"그래? 그런데 다만은 뭐야?"

"그게 도망친 최성희라는 그 여자가 나타나 증언을 하면 저희가 조작한 증거들이 휴지조각이 되기에 그녀가 법정에서 증언을 하지 못하게 만들어야 한다고 합니다."

비서실장은 최성희가 원장실에서 원장인 최제국과 부원장인 이안용의 대화를 모두 들었기에 만약 그녀가 법정에서 증언을 하게 된다면 자신들이 조작한 증거들이 증거로서 가치가 없어진다는 말을 하였다.

"젠장! 그곳에 파견 갔었던 보안대 요원들은 모두 연수원으로 보내 버려! 그리고 사사키에게 연락해서 그년을 처리하라고 해! 참! 그리고 그년과 같이 있을 그 애새끼는 내게 데려오고!"

신영호는 최성희가 법정에 증인으로 나오지 못하게 사사키라는 해결사를 불러 죽이라 말하고 성희가 데려간 수한을 데려오라는 명령을 내렸다.

그가 수한을 자신에게 데려오라고 말을 한 것은 청와대에서 자신을 모욕한 정대한에게 복수를 하기 위해서다.

정대한의 손자를 인질로 가지고 있으면서 정대한을 압박하려는 수작이다.

4.
지금 만나러 갑니다

"무엇을 도와드릴까요?"

아름다운 스튜어디스는 도움을 청하는 승객의 손짓에 얼른 다가와 어떤 도움을 원하는지 물었다.

그런데 스튜어디스들이 모두 이렇게 친절한 것은 아닌데, 유독 오늘은 마치 항공사 홍보 CF에 나오는 모델마냥 무척이나 친절하게 손님을 접대하고 있었다.

물론 많은 스튜어디스들이 친절한 것은 맞지만 이렇게까지 친절한 것은 퍼스트클래스나 비즈니스클래스처럼 고가의 탑승 티켓을 구입한 승객에 한한 서비스였다.

지금 도움을 청한 승객이 탄 곳은 일반적인 이코노미클래스이기에 사실 이 정도 서비스를 받지는 않았다.

하지만 아름다운 스튜어디스들은 어떻게 하면 더 나은 서비스를 해 줄 수 있을지 경쟁을 하듯 나서서 친절을 베풀고 있었다.

그런 스튜어디스들의 모습을 보는 스튜어드들의 시선은 별로 좋지가 못했다.

그도 그럴 것이 스튜어디스들이 주로 관심을 보이는 승객의 외모가 짝을 찾아보기 어려울 정도로 잘생겼기 때문이었다.

어떻게 보면 야리야리한 흔히 말하는 꽃미남 같이 보이기도 하고, 또 어떻게 보면 무척이나 샤프한 지성미 넘치게 보이기도 하며, 또 다르게 보면 살짝 올라간 눈매나 오뚝하니 솟은 콧날, 굳게 다물린 다부진 입술이 마치 고독한 늑대를 보는 듯한 착각을 일으키는 무한 매력의 덩어리였다.

더욱이 언뜻 봐도 나이가 그리 많아 보이지 않았다.

많이 쳐 줘야 20대 초중반 정도로 보일 정도로 풋풋해 보이기도 하여 일부 이상성애자에게 구애를 받아도 이상하지 않을 정도로 잘생긴 남자였기에 질투가 나기도 했다.

아무튼 스튜어드의 질투와 스튜어디스의 관심을 한 몸에 받고 있는 남자는 별거 아니란 듯 질문을 한 스튜어디스에게 물 한 잔을 부탁했다.

"물 한 잔만 부탁드려요."

"네, 알겠습니다."

스튜어디스가 물 한 잔을 따라 주고 자리를 벗어나자 사내는 컵에 있는 물을 마셨다.

그런데 이때 그 사내의 옆자리에 안대를 하고 누워 있던 여성이 눈을 가리고 있던 안대를 올리며 고개를 돌리며 말을 하였다.

"아들! 지금 얼마나 왔어?"

사내를 아들이라 부른 여성은 언뜻 보이게 이만큼 장성한 아들이 있을 것으로 보이지 않을 정도로 젊은 여성이었다.

30대 중반 정도로 보이는 그 여성은 20대 초반으로 보이는 사내를 아들이라 부르며 질문을 했다.

"응, 10분 후면 인천공항에 도착한데."

"뭐야…… 벌써 도착한 거야?"

대화를 하는 두 모자는 참으로 보기 좋았다.

언뜻 봐서는 모자지간으로 보이지 않고 그저 조금 나이 차이 나는 남매처럼 보였는데 대화를 들어 보면 모자란 것을 알 수 있을 정도로 대화 속에 애정이 넘쳤다.

"그럼 공항에 도착하면 어디부터 가고 싶어?"

사내의 엄마는 어디부터 가고 싶은지 물었다.

"음……."

엄마의 물음에 그 사내는 선뜻 말을 하지 못했다.

질문을 하는 엄마의 표정이 썩 좋지 못했기 때문이다.

그도 그럴 것이 사실 두 사람의 관계는 친모자관계가 아니기 때문이다.

우연한 사건을 계기로 두 사람은 모자관계가 되었다.

그렇기 때문에 공항에 도착하면 이후 어떻게 될지 몰랐다.

여성은 그동안 자신의 품에서 큰 양아들을 혹시나 잃어버리는 것은 아닌지 불안했다.

그런 불안감은 그녀의 두 눈동자가 흔들리는 것만 봐도 알 수 있었다.

사내는 엄마가 무엇 때문에 그런 질문을 하는지 잘 알고 있었다.

자신도 자신의 신상에 대한 비밀을 잘 알고 있었다.

아니, 어린 시절부터 다 알고 있었지만 겉으로 티를 내지 않고 있었을 뿐이다.

자신의 친부모님이 어떤 심정일지 너무도 잘 알고 있으나 자신을 아기일 때부터 길러 준 자신의 옆자리 양어머니의 사랑을 너무도 잘 알고 있어, 지금 그녀가 어떤 마음인지 잘 이해가 되었다.

사내는 불안한 눈으로 자신을 쳐다보고 있는 엄마를 살짝 안아 주며 그녀의 귀에 귓속말을 했다.

"너무 걱정하지 마. 누가 뭐라고 해도 엄마는 내 엄마야."

사내의 속마음을 듣게 되어서 그런지 여인의 입가에 미소가 어렸다.

"아들 고마워!"

여인도 자신을 안아 주는 양아들을 마주 안았다.

두 사람이 그렇게 마주 안고 있을 때 스피커에서 안내 방송이 나오고 있었다.

─본 코리안 에어 000기는 잠시 뒤 인천공항에 도착을 합니다. 안전을 위해 이동을 하지 마시고 안전벨트를 매 주시기 바랍니다. 레이디스 앤……

웅성웅성!

사내와 엄마가 출국장을 나오려는데 많은 사람들이 공항에 모여 무척이나 붐비고 있었다.

그런데 무슨 일인지 공항에는 많은 젊은 청소년들이 누군가의 사진이 들어 있는 피켓을 들고 옹기종기 모여 있었다.

그리고 그런 청소년들 주변에는 목에 카메라를 걸고 있는 기자들도 상당수 보였다.

'무슨 일이지?'

사내는 이상한 공항의 모습에 고개를 갸웃거렸다.

'연예인이라도 오나?'

간간히 뉴스를 통해 본 공항의 모습 중 한 장면이 생각이 난 사내는 그렇게 생각을 했다.

유명 연예인이 공항에 나타났을 때 환영하기 위한 팬과 그들을 취재하려는 기자들이 딱 저 모습들이었다.

"누구 연예인이라도 오나 보다."

"응, 그런데 아무래도 아이돌인가 보네."

아이돌이라는 말에 여성이 물었다.

"아들은 공항에 오는 연예인이 아이돌인지 어떻게 알아?"

"그거야 저들이 들고 있는 피켓만 봐도 알 수 있지."

사내는 별거 아니란 듯 손을 들어 팬들이 모여 있는 곳을 가리켰다.

캐리어를 밀며 걷던 여성은 사내가 가리킨 곳에 시선을 주다 고개를 끄덕였다.

팬들이 들고 있는 피켓에는 젊은 여성들의 사진이 붙어 있었다.

유치한 응원 문구와 함께 아기자기하게 꾸며진 피켓은 그들이 얼마나 정성스럽게 피켓을 꾸몄는지 알 수 있었다.

그러면서 공항에 모인 팬의 숫자를 보며 감탄을 했다.

"공항에 오는 연예인이 무척이나 인기가 많은가 보네?"

"그러게요. 공항을 빠져나가지 못할 정도로 이렇게 팬들이 운집할 정도면 대단히 인기가 많은가 봐."

그들이 보고 있는 사진 속 연예인은 그들의 짐작대로 대한민국을 대표하는 여성 아이돌 그룹이었다.

대세라고 할 정도로 아이돌 하면 그들의 이름이 가장 먼저 거론될 정도로 최고의 인기를 구가하고 있었다.

그런데 입국 수속을 하려고 걷고 있던 사내의 눈이 커졌다.

팬들이 들고 있는 피켓 속 사진을 가까이서 보게 되면서 사진 속 연예인 중 한 명의 사진과 이름이 그의 눈에 들어왔기 때문이다.

'수정 러브…… 설마 수정이 누나인가?'

자신도 알고 있는 사람의 이름이 피켓에 적혀 있자 놀란 것이다.

더욱이 사진 속 인물의 모습이 자신의 기억 속 얼굴과 많이 비슷했기 때문에 더욱 관심이 갔다.

"아들 무슨 일이야?"

함께 걷던 여성은 어느 순간 자신의 옆에 있던 아들이 뒤쳐져 있는 것을 확인하고 무슨 일인지 물었다.

“아, 아니야. 그냥 내가 알고 있는 사람과 이름 하고 외모가 비슷해서 잠시 쳐다본 거야.”

“그래?”

여성은 아들의 말에 고개를 갸웃거리다 아들이 본 곳을 쳐다보았다.

하지만 아기 때부터 자신의 손으로 키웠는데, 아들 주변에 연예인이 된 여자아이들은 없었다.

고개를 갸웃거리던 여성은 이미 앞에 있던 사람이 수속을 마치고 자신의 차례가 되자 얼른 고개를 돌려 앞으로 걸어갔다.

“아들, 우리 차례다.”

“응.”

두 사람은 입국 수속을 하기 위해 앞으로 걸어갔다.

막 수속을 마치고 공항을 빠져나가려는 때 일단의 사람들이 공항으로 들어오는 모습이 보였다.

한꺼번에 많은 사람들이 공항 안으로 들어서자 밖으로 나가려던 두 사람은 멈춰 설 수밖에 없었다.

번쩍, 번쩍.

공항에 들어서던 사람들은 카메라 셔터를 누르며 사진을 찍었고, 그 뒤로 아름다운 젊은 여성들이 공항 안으로 들어섰다.

사내는 자신의 앞을 스쳐지나가는 여성들 중 한 명에게 시선이 꽂혔다.

'그녀다.'

사내는 조금 전 자신의 시선을 끌었던 사진 속 주인공이 눈앞을 지나가자 한눈에 알아봤다.

비록 사진 속 모습과는 조금 차이가 있기는 했지만, 지금도 충분히 아름답고 사람들의 시선을 잡아끌 수 있는 얼굴이라 생각했다.

"어머, 우리 아들 이제 다 컸네! 여자에게 관심을 다 보이고."

그의 옆자리에 있던 여성은 자신의 양아들이 한 번도 그런 적이 없는데, 조금 전서부터 여자에게 관심을 보이자 놀리듯 말을 하였다.

"그, 그런 것 아냐! 어서 가자! 스님 할아버지 기다리겠다."

사내는 자신을 놀리는 엄마의 말을 막고 공항을 빠져나갔다.

그러면서도 자신의 시선을 끈 여성의 뒷모습을 한 번 더 돌아보았다.

한편 해외 스케줄 때문에 출국을 하려고 공항에 들어서던 수정은 고개를 갸웃거렸다.

어디선가 자신을 주시하는 듯한 시선을 느낀 것이다.

하지만 그 시선이 결코 스토커나 팬들의 시선과는 뭔가 다른 느낌이었다.

자신도 모르게 시선이 느껴지는 곳을 쳐다보았지만 어느 순간 더 이상 자신을 주시하던 시선은 느껴지지 않았다.

한참 걸어가고 있던 그녀가 길을 멈추고 뒤를 돌아보자 함께 걷던 여성이 물었다.

"수정아 무슨 일이야?"

"아, 아냐. 누가 날 쳐다보는 것 같아서……."

"널 쳐다보는 사람이 어디 한둘이냐?"

"아니, 그런 거 아니거든!"

수정은 자신에게 말을 걸어오는 여성의 물음에 대답을 해 주고 다시 걸었다.

'누구지?'

수정은 무척이나 그리운 느낌에 고개를 갸웃거리며 자신 을 쳐다보던 시선을 주인이 누군지 무척이나 궁금해졌다.

지리산 자락 깊은 곳에 위치한 현운사에 오랜만에 북적이 는 소리가 들렸다.

평소에는 신자들도 거의 찾지 않는 고즈넉한 사찰인데 오늘은 웬일인지 사람들의 소리가 들리고 있었다.

"곧 도착할 시간이 되었으니 모두 준비들 하고 있어!"

"알았으니 거 그만 떠들고 그거나 잘 잡고 있으라고."

웅성, 웅성.

뭐가 그리 즐거운지 모여 있는 사람들의 표정은 무척이나 밝았다.

그런데 이곳 현운사 마당에 모여 있는 사람들의 복장을 보면 모두 다양한 직업을 가지고 있는 사람임을 알 수 있었다.

어떤 이는 불교에 종사하는 듯 가사를 입은 승려도 있고, 또 어떤 이는 가톨릭 성직자의 사제복을 입고 있는 사람도 있었다.

뿐만 아니라 경찰 공무원의 제복을 입은 사람도 있었으며 일반 사무원처럼 양복을 입은 사람도 있었다.

하지만 그들은 같은 주제를 가지고 이야기를 하고 있었는지 아무런 대립도 없이 그저 흥겨웠다.

"도착한다!"

한 사람이 입구부터 뛰어오며 소리쳤다.

소리가 들리자 사람들은 하던 일을 멈추고 자리를 잡고 섰다.

이들이 질서를 지키며 줄을 서고 있자 현운사 입구에 두 사람의 모습이 들어왔다.

"다녀왔습니다."

현운사로 들어오던 사내가 큰 소리로 소리쳤다.

마치 어린아이가 학교를 갔다 온 뒤 집에 들어서며 부모님께 자신이 돌아왔음을 알리는 것처럼 보였다.

그런 사내의 모습에 자리에 있던 사람들의 입가에 미소가 걸렸다.

한편 현운사 대웅전에 자리하고 있던 현운사 주지 혜원은 밖에서 큰 소리가 들리자 입가에 미소를 지으며 자리에서 일어나 밖으로 나왔다.

밖으로 나온 그의 눈에 비춘 것은 헌칠하게 장성한 청년의 모습이 한눈에 들어왔다.

오래전 인연을 맺고 손자로 맞이한 아기가, 장성해 이제는 성인이 된 모습이 그의 눈을 가득 매웠다.

"어서 오너라!"

비록 친 혈육은 아니지만 자신을 보는 청년의 시선에 따뜻한 정이 느껴졌다.

그리고 그도 청년을 같은 시선으로 쳐다보았다.

"할아버지, 그동안 강녕하셨습니까?"

청년은 사람들이 터 준 길을 달려가듯 빠르게 걸어가 혜원의 앞에 도착하였다.

그리고 맨 바닥에 큰 절을 하였다.

그런 청년의 모습에 조금 전까지만 해도 소란스럽던 현운사는 바늘 하나 떨어지지 않을 정도로 조용해졌다.

혜원은 자신에게 큰절을 하는 청년의 어깨를 잡고 일으켜 세우며 한마디했다.

"허허, 내 귀에 못이 박히도록 말을 하지 않았더냐! 비록 너의 간청에 허락하기는 했지만 절대로 내게 무릎을 꿇어선 안 된다고 말이다. 이 세상에서 네게 그런 예를 받을 수 있는 사람은 네 부모님뿐이라고 말이다."

"그러니까 할아버지도 제 절을 받으셔야죠. 할아버지시잖아요."

혜원의 말에 청년 또한 지지 않겠다는 듯 그의 말을 받았다.

"아버지, 아버지가 이해하세요. 수한이 고집을 누가 꺾을 수 있겠어요."

청년과 함께 들어오던 여성은 혜원을 보며 아버지라 말을 하였다.

그리고 청년을 수한이라 했는데, 그렇다 청년의 정체는 바로 18년 전 실종된 그 수한이었다.

일신학원 원장 최제국의 의뢰로 영등포 두꺼비파의 부두

목인 김영수에 의해 유괴가 되었던 아기.

김영수에 의해 유괴되어 최제국에게 넘겨져 각종 실험을 당하고, 천하그룹으로 인해 위기를 느낀 최제국이 증거를 없애기 위해 죽을 뻔했던, 그 후 같은 처지에 처한 최성희가 탈출을 하면서 데려온 그 아기가 장성한 모습이다.

당시 자신의 안전을 위해 이곳 오지인 현운사까지 들어온 최성희는 시간이 지나 자신을 쫓는 일신학원의 끄나풀에게서 안전을 도모하기 위해 숨을 수밖에 없었다.

시간이 지나면 잊혀질 것이라 생각을 했지만 그들은 너무도 집요하게 자신을 찾고 있었다.

하는 수 없이 장시간 이곳 현운사에 머물다 보니 최성희와 혜원의 관계나 수한의 관계는 자연스럽게 아버지와 의붓딸, 의붓어미와 아들의 관계로 정립이 되었다.

그리고 최성희는 나중에 이곳 혜운사가 보기와 다르게 많은 비밀이 있다는 것을 알게 되었다.

고대 삼국시대부터 내려오는 한반도 수호세력의 현 수장이라는 것을 말이다.

외세의 침입으로 국운이 기울었을 때, 일어났던 의병 운동의 주도세력이 바로 이들이었다.

지금은 그 후예들이 각계, 각층에 스며들어 감시를 하고 있다.

최성희도 뒤늦게 이 사실을 알게 되자 이들의 일에 동참을 하기로 했다.

그리고 그것이 지금은 자신이 아들로 삼은 수한을 돕는 일이란 것을 알기 때문이기도 했다.

혜원이 수한을 보며 아수라니 전륜성황이니 하는 말을 하였지만 성희는 그게 무슨 뜻인지 알 수 없었다.

다만 의붓아버지로 삼은 혜원이 하려는 일이 수한에게 나쁜 것이 아니라는 것을 알고 그 말에 따르기로 하였다.

수한도 비록 아기의 몸이기는 하지만 정신만은 대마도사의 정신을 그대로 가지고 있다.

그 또한 혜원이 말한 아수라나 전륜성황의 뜻은 알지 못하지만 당시 자신의 안전을 위해서는 빨리 힘을 찾아야 한다는 생각이었다.

고례로 우리 민족에게 백두산과 한라산과 함께 명산으로 이름 높은 지리산. 한반도에 있는 명당 중 한 곳이고 또 현대에 들었어도 자연훼손이 적어 아직도 산골 깊은 곳에는 전국으로 깔려 있는 무선 인터넷조차 터지지 않는 곳이 있을 정도로 청정지역이다.

그런 곳에서 마나를 모은다면 도시에서보다 더 많은 마나를 모을 수 있을 것이고, 보다 적은 노력으로 많은 마력을 쌓을 수 있을 것이다.

수한은 이런 생각에 이곳 현운사에서의 생활에 불만이 없었다.

물론 전생과 현생을 통틀어 처음으로 느껴 본 그 따스한 가족애를 다시 만끽하기 힘들다 하여도, 일단 자신을 지키고 또 나아가 사랑하는 가족들을 지키기 위해선 힘을 되찾아야 한다는 생각에 참기로 결심했다.

나중에 자신의 가족에 대한 비밀도 알게 되었지만 그건 아직 수한이 원하는 힘을 모두 얻기 전이었기 때문에 가족에게 돌아갈 생각을 하지 않았다.

그렇게 인연을 맺고 세월이 흐르다 보니 이들의 관계는 또 다른 가족이 되어 있었다.

수한에게 혜원이나 최성희는 자신의 친부모인 정명수나 조미영, 그리고 누나인 정수정 못지않은 아주 중요한 사람이 되었다.

그리고 수한은 혜원에 의해 많은 것을 배우게 되었는데, 그중 하나가 그가 수장으로 있는 지킴이란 단체였다.

지킴이란 단체는 대대로 일인전승으로 그 직위를 이어받았다.

처음에는 그런 방식으로 지킴이를 양성하지 않았는데, 조선후기에 커다란 고초를 겪고부터 방식이 그렇게 바뀌었다.

지킴이 내부에 지킴이를 운영하는 방식을 두고 다툼이 벌어졌다.

조선후기 들어오기 시작한 외국 문물로 고유의 생활양식이 변하기 시작하면서 지킴이 내부에도 인식의 변화를 겪는 사람들이 늘어갔다.

이전에는 나라님에 대한 충(忠)이 중시되었다면 외국 문물이 들어오면 평등사상도 들어오게 되었다.

그러면서 임금에 대한 충성보다 우선이 되는 것이 민족에 대한 박애정신을 주장하는 이들이 생겨났다.

당시 충과 박애, 두 가지 이념으로 갈라선 지킴이들은 서로 자신의 생각이 맞다며 갈등을 하였다.

그렇다고 나라를 지키는 일에 등한시할 정도로 갈등의 골이 큰 것은 아니었다.

하지만 어디나 반골은 있듯 지킴이 내에서도 욕심에 눈이 어두워 동지를 팔아먹는 이가 있었다.

나라에서 보면 아무리 좋은 뜻으로 모인 집단이라고 하지만 그들의 눈에는 불법적인 불온단체다.

그 때문에 비밀회동은 밀고자로 인해 집회에 참여했던 이들이 감옥에 투옥이 되었고 갖은 고문에 유명을 달리했다.

다행히 당시 집회에 참여하지 못한 이들로 인해 지킴이는 명맥을 유지할 수는 있었지만, 그 뒤로 이들의 집회는 더욱 은밀해졌고, 또 회원의 가입도 철저히 점 조직화 되었다.

아무튼 현재는 각계에 퍼진 지킴이들은 각 분자에서 자리를 잡았다.

세상이 변하면서 이들의 조직이 정부에 인가된 단체는 아니지만 그렇다고 불법단체로 탄압을 받을 일도 없어졌다.

하지만 그래도 지킴이는 각자 자신의 자리에서 사회를 감시하고 은인자중하고 있었다.

늦은 시각 객방 안 혜원과 수한이 마주 앉았다.

"생각보다 공부를 일찍 마쳤구나."

혜원은 수한의 나이를 생각하며 그가 무척이나 이른 시각에 공부를 끝냈음을 말했다.

수한은 15살이 되던 해 지킴이의 도움으로 미국에 유학을 떠났다.

사실 지킴이의 도움이 있었기에 최성희와 아기인 수한이 일신그룹과 천하그룹의 수색에서 벗어날 수 있었다.

더욱이 당시 대통령의 특별명령으로 전국적으로 공권력이 동원되어 전국을 뒤졌지만, 그 어느 곳에도 최성희와 수한의 흔적을 찾을 수 없었다.

그 모든 것이 각계각층에 자리하고 있던 지킴이 회원들의 도움으로 그리된 것이다.

지킴이 수장인 혜원 스님의 부탁으로 수한과 성희의 흔적을 지우고 암중에서 지원을 하였다.

가장 기초적인 끼니와 옷에서부터 수한을 가르칠 교과서 등 많은 것을 지원해 주었다.

회원들의 도움으로 수한은 무럭무럭 자랐고, 또 수한 또한 마력을 키우는 와중에도 이 세상의 정보에 대하여 끊임없는 지식욕으로 혜원이 가르쳐 주는 것들을 깨달아 갔다.

사실 혜원도 최성희에게 수한이 천재란 소리는 들었지만 설마 아기가 천재이면 얼마나 똑똑하겠나, 하는 생각을 하였다.

하지만 하나를 가르치면 열을 안다는 문일지십(聞一知十)은 그저 일반적인 천재를 가리키는 단어일 뿐.

수한은 문일지십을 지나, 또 다른 진리를 깨닫고 혜원에게 가르쳐 줄 정도였다.

혜원도 어디 가서 아는 것이 적다는 소리는 듣지 않는다, 자부했지만 수한에게는 지식이 모자랐다.

겨우 수한의 나이 5살 때 그가 알고 있는 모든 것을 수한에게 빼앗겼다.

수한은 배우는 정도가 아니라 지식을 뺏어 가는 수준인 것이었다.

그 때문에 부랴부랴 회원들에게 도움을 요청해 수한을 가르칠 교과서와 교보재를 구할 수 있었다.

그리고 그런 가르침도 한계에 이른 것이 수한의 나이 14살 때였다.

국내에서는 도저히 수한을 더 이상 가르칠 만한 것이 없었다.

그래서 생각해 낸 것이 바로 외국 유학이었다.

비용이야 회원들이 충분히 지원해 줄 수 있었다.

어린 수한을 혼자 외국에 유학 보내는 건 정서적으로 좋지 않다는 의견에 수한의 의붓어미가 된 최성희도 함께 가게 되었다.

비록 나이가 있기는 하지만 최성희도 한때 영재라 불리며 대학원까지 다녔던 재원이었다.

집안 사정으로 중도에 학업을 중단하고 일신학원에 강사로 취직을 하긴 했지만 그녀도 박사를 준비하던 사람이었던 것이다.

그 때문에 수한이 빠르게 기초를 끝낼 수 있었다.

아무튼 지킴이에서는 최성희도 수한의 뒷바라지를 위해 유학을 보내며 못 다한 공부를 할 수 있게 지원을 해 주었다.

수한은 사실 유학을 가서 일반 학생들과 함께 수업을 받을 때, 튀지 않기 위해 노력을 했었다.

하지만 우연히 듣게 된 자신의 집안 문제로 인해 조기에 졸업을 해야 할 상황이 벌어졌다.

자신의 집안인 천하그룹이 일신그룹에 자꾸만 밀린다는 것을 알게 된 수한은 한시라도 빨리 학업을 마치고 한국으로 돌아가고 싶었다.

의붓할아버지가 된 혜원이 수한이 유학을 떠날 때 약속한 것 때문이다.

수한이 미국에서 학업을 마치면 친족을 만나는 것을 허락하겠다고 해서였다.

물론 혜원의 허락 없이 만날 수도 있었다.

하지만 자신에게 온갖 정성을 쏟는 혜원을 실망시키고 싶지 않았기에 숨기고 있던 천재성을 외부에 조금씩 드러냈다.

그로 인해 수한은 월반에 월반을 하여 조기에 졸업을 하고 학위도 받았다.

이 일로 수한이 수학하던 대학에서는 수한을 붙잡기 위해 갖은 혜택을 제안했지만 수한의 마음을 돌리지 못했다.

그도 그럴 것이 자신의 친족이 어려움에 처했다는데 도우러 가야 할 처지에 약간의 편의를 주겠다는 학교에 남아 있을 필요가 있겠는가.

더욱이 친 가족을 보지 못한 것이 벌써 18년이나 되었다.

생후 6개월에 유괴가 되었다가 지금까지 못 만났다.

그런데 겨우 그 정도 편의로 수한의 마음을 돌리기란 어림도 없는 일이었다.

"이젠 제 뜻을 펼쳐 보려고요."

"그래, 하긴 너무 오랫동안 가족들을 못 봤으니 보고 싶기도 하겠지."

수한은 혜원의 말에 저도 모르게 얼굴이 붉어져 고개를 돌렸다.

말은 하지 않았지만, 자신의 마음을 헤아리는 혜원의 말에 부끄러웠던 것이다.

"……그것도 있고요."

"너무 부끄러워하지 말거라! 그게 다 인간으로 태어나면 가지게 되는 본성인 것을……."

모든 것을 다 알고 있다는 듯한 혜원의 말에 수한은 입을 다물었다.

"이제 너도 가족의 품으로 돌아가겠지만 네 어미를 잊어선 안 된다."

"예, 엄마가 저를 얼마나 애지중지 하셨는지 잘 알고 있습니다."

"그래, 그래야지."

혜원은 자신의 할 말을 다 했다는 듯 그렇게 고개만 끄덕이며 산 너머로 기우는 달을 쳐다보았다.

그런 혜원을 바라보는 수한의 눈에 작은 슬픔이 깃들었다.

말은 하지 않았지만 현재 혜원의 수명이 얼마 남지 않았음을 수한은 잘 알고 있었다.

이미 전생의 마법 실력을 가지게 된 그다.

환생 전 마지막으로 했던 텔레포트 마법진을 가동하면서 깨우친 깨달음 때문에 이젠 마력만 모이면 이종족의 한계라 알려진 8클래스에 오를 수도 있었다.

다만 이곳은 이케아 대륙과 다르게 마나가 희박하고 탁해 오랜 시간 모으고 또 정제를 해야 하기 때문에 언제 그 경지에 들어설지 모르지만, 깨달음만은 충분했기에 시간문제일 뿐이다.

더욱이 수한 자신의 환생 전 전공이 바로 생명에 관한 마법이 아니던가?

그 때문인지 현재 혜원의 건강상태에 관해서 손바닥 들여다보듯 알 수 있었다.

더욱이 천하그룹 문제 말고도 수한이 이렇게 조기에 학업을 마치고 귀국한 것에는 혜원의 건강도 한몫했다.

얼마 남지 않은 혜원의 수명 때문에 감춰 두었던 천재성을 내보이기까지 하며 학업을 마친 것이다.

"내일 올라가기 전에 네 어미도 함께 데려가거라."

"알겠습니다. 그러려고 했어요."

혜원의 말에 수한도 이제는 자신의 의붓어미인 성희와 헤어지는 것은 상상도 못했다.

장장 18년을 자신의 뒷바라지를 해 준 여인.

비록 위기의 순간에 자신이 잠깐 도움을 주기는 했지만 그건 모두 자신도 최성희의 도움을 받지 않고서는 그 위기를 넘길 수 없었기 때문에 상부상조한 것뿐이었다.

하지만 최성희는 아기인 자신을 친자식 마냥 지극정성으로 키웠다.

그런 최성희의 사랑을 외면한다는 것은 자신을 짐승으로 격하하는 것이나 마찬가지 일이다.

현운사에서 일을 모두 보고 서울로 올라왔다.

이제부터 그가 생활해야 할 터전은 현운사가 있는 전라도가 아니라 대한민국의 수도인 서울이었다..

옛말에 말은 제주로, 사람은 서울로 보내라 했다.

혜원은 장차 수한이 전륜성황으로서 대한민국을 크게 이

끌기 위해선 그만한 자리에 있어야 한다고 판단하였다.

그래서 자신이 수장으로 있는 지킴이에 연락해 물심양면으로 수한을 뒷바라지하였다.

비록 자신의 건강 때문에 망설이는 수한을 억지로 떠밀다시피 하여 서울로 올려 보냈다.

수한이 미국에서 모든 학업을 마치고 돌아왔지만 대한민국 국적을 가지고 있기에 수한에게도 피해 갈 수 없는 것이 있었다.

그것은 바로 국방의 의무였는데, 예전이라면 고아는 군 입대가 힘들었다.

하지만 세월이 지나면서 출생률이 줄어들면서 군대에 들어가야 할 인적 자원이 부족해졌다.

이 때문에 법령이 바뀌어 대한민국 국적을 가지고 있는 성인 남성이라면 누구도 국방의 의무를 져야 했다.

그렇지만 역시나 어디에나 편법은 있었는데, 국회의원 자식이나 대기업 자식들은 아직도 편법을 동원해 이런 국방의 의무를 회피했다.

아무튼 지킴이들의 도움으로 신분을 숨기고, 고아이며 최성희에게 입양이 된 것으로 서류를 조작해 신분을 만들었던 수한이다.

만약 수한이 정상적이라면 대학을 핑계로 입대를 늦췄겠

지만 수한은 이미 미국에서 박사 학위까지 받았다.

그 때문에 국방의 의무를 해야 했지만, 대체 병역 제도를 이용해 군대를 가는 대신 전문연구원으로 병역을 대신하기로 계약을 하였다.

전문연구원으로 대체 복무를 하기 위해선 석사 이상의 학력이 있어야 하는데, 수한은 이미 박사 학위를 가지고 있었다.

그러니 대체 복무를 신청하는 데 아무런 하자가 없었다.

그리고 수한이 대체 복무를 할 기업은 바로 지킴이 회원 중 한 명이 운영하는 회사로, 방위 산업체로 지정된 회사였다.

비록 수한이 다녀야 할 회사는 서울이 아닌 성남에 있는 회사였지만 수한이 집을 구한 곳도 서울과 성남 사이에 있는 위례신도시에 위치해 있었기에 불편함이 없었다.

더욱이 인근에 남한산성이 있다 보니 공기도 서울이라고 느껴지지 않을 정도로 맑아 수한을 더욱 기분 좋게 하였다.

다만 의붓할아버지인 혜원의 건강이 좋지 못해 의붓어머니인 최성희는 혜원의 수발을 들기 위해 같이 올라오지 않고 수한만 먼저 올라왔다.

타닥, 탁탁!

수한은 작업실로 꾸민 작은 방에서 컴퓨터를 조작하고 있었다.

그가 하고 있는 것은 업무에 대한 작업이 아닌 그제 본 아이돌 가수 중 한 명의 정보를 검색하기 위해서다.

한참을 키보드 위해서 춤을 추던 손가락이 멈추자 모니터에 찾고 있던 정보가 떠올랐다.

"음, 그룹명이 파이브돌이라…… 좀 유치한 이름이군."

공항에서 봤던 아이돌 그룹명을 확인한 수한은 자신도 모르게 유치하단 말이 절로 나왔다.

하긴 파이브돌이란 이름은 너무도 유치했다.

구성 멤버가 5명이라 파이브돌이라니…… 참으로 쉽게 그룹명을 정했다는 생각도 들었다.

"소속이 천하 엔터테인먼트."

소속사가 천하 엔터테인먼트라는 것을 읽던 수한은 눈이 반짝였다.

천하 엔터는 수한의 친가인 천하그룹의 계열사.

그런데 자신의 누나로 짐작되는 여성이 소속된 아이돌 그룹이 그 회사 소속이라는 것에 약간의 흥분이 일었다.

뭔가 느낌이 오는 것이 정말로 오래전 헤어진 가족을 만날 수 있다는 생각에 점점 흥분하기 시작했다.

타다닥!

소속사를 검색하던 수한은 다시 키보드를 조작해 이번에

는 수정에 대한 개인정보를 검색하기 시작했다.

그리고 수정에 대한 정보를 검색하고 난 뒤 그녀가 자신의 누나란 것을 확인할 수 있었다.

모니터에 수정의 가족관계가 나와 있는데, 그곳에 자신의 이름이 떡 하니 적혀 있으며 특이사항으로 실종이라는 문구가 적혀 있었던 것이다.

벌써 18년이나 지난 일인데 아직까지 사망신고를 하지 않고 실종신고만 되어 있는 것에 수한은 자신도 모르게 눈물이 흘렀다.

"아버지, 어머니!"

수한에게 부모인 정명수와 조미영은 자신을 이 세상에 태어나게 한 단순한 생물학적 부모가 아니다.

전생에도 느껴 보지 못한 가족이란 느낌을 느끼게 해 준, 이 세상 그 무엇과도 바꿀 수 없는 절대적 존재였다.

처음 유괴가 되고 가족과 떨어졌을 때, 수한이 가장 먼저 느낀 것은 다른 것도 아닌, 다시는 가족을 보지 못할지도 모른다는 상실감이었다.

그리고 그 뒤이어 느껴진 감정은 자신을 이런 비참한 기분을 느끼게 만든 이들에 대한 분노였다.

또 아기인 몸 때문에 복수를 하지 못한다는 자괴감 또한 컸다.

그래서 아기의 몸으로 자신을 납치한 이들에게 복수를 다짐하지 않았던가?

아릿한 그리움이 수한의 몸을 강타했고 그 때문에 자신도 모르게 눈물을 흘렸다.

이 감정은 아무리 의붓어머니인 최성희가 수한을 지극정성으로 돌보았다고 하지만 채워 줄 수 없는 감정이었다.

최성희가 어머니로서 수한에게 보여 준 것은 생모인 미영이 수한이 유괴되기 전까지 돌보던 것 못지않지만 그것과는 별개다.

아무튼 공항에서 봤던 여성이 자신의 누나란 것을 확인한 수한은 조만간 그녀를 만나러 가야겠다는 생각을 하게 되었다.

그런데 모니터 하단에 나온 정보를 읽던 수한은 낭패감에 중얼거렸다.

"이런, 누나를 만나려면 3일은 기다려야 하겠네!"

그도 그럴 것이 수정이 포함된 그룹이 해외 스케줄로 3일 뒤에나 한국에 돌아오기 때문이다.

더욱이 귀국하자마자 스케줄 때문에 쉬지도 못한다는 내용이 있었다.

"참, 피곤하게 사는구나……."

수한이 생각하기에 해외 스케줄에 또 귀국하자마자 잡혀

있는 국내 스케줄에 시달리는 수정이 무척이나 피곤하게 산다는 생각이 들었다.

하지만 수정이 왜 연예인이 되었고, 또 무리한 스케줄도 마다하지 않고 부지런하게 활동을 하는지 알게 되었다면 이런 말을 하지 못했을 것이다.

사실 수정은 수한이 유괴되고 또 최성희에 의해 실종이 되었다는 뉴스를 접한 후에 자신이 커서 유명해지면 수한이 자신의 소식을 듣고 찾아올 것이라 생각했다.

그래서 어려서부터 유명해지기 위해 가수가 되기 위해 노력을 했다.

불과 6살의 나이에 그런 마음을 가지고 아빠인 정명수에게 가수가 되겠다는 말을 하였을 때, 정명수는 그런 수정을 안고 대성통곡을 했었다.

아무튼 수한도 수한이지만, 그의 남겨진 가족들도 수한을 찾기 위해 많은 노력을 하고 또 지금까지 포기하지 않고 있었다.

5.
다녀왔습니다

"컷!"

짝짝짝!

우렁찬 남성의 소리와 함께 주변에서 박수 소리가 울려 퍼졌다.

"수고하셔습니다."

"수고하셨습니다."

"수고했어!"

"수고 많으셨습니다."

방송 녹화를 하던 사람들은 PD의 소리에 일제히 자리에서 일어나 박수를 치고 자신의 주변에 있는 동료 연예인들을 향해 인사를 하였다.

수정은 오늘 오전 해외 스케줄을 마치고 귀국하자마자 바로 방송국으로 향했다.

사전 예약된 방송 스케줄이라 다른 멤버들은 귀국 후 휴식을 취하러 숙소로 돌아갔지만 그녀는 다른 멤버들처럼 쉬지 못하고 장시간 촬영을 하였다.

함께 녹화를 한 선배들과 동료들에게 인사를 하고 나오는 그녀를 붙잡는 손길이 있었다.

"크리스탈! 스케줄도 다 끝났는데 한잔 하러 가지 않겠어?"

수정을 부른 사람은 연예계에서 바람둥이로 소문난 강한이었다.

강한은 수정보다 데뷔가 2년 빠른 선배로, 현 남자 아이돌 그룹 중 탑에 있는 슈퍼크루의 멤버였다.

선후배 관계가 엄격한 연예계라 그의 말을 무시할 수는 없지만 현재 수정은 무척이나 피곤한 상태였다.

해외 스케줄을 마치고 바로 방송국에 달려와 녹화를 할 때문에 무척 피곤했다.

"선배님 죄송해요. 해외 스케줄 끝내고 바로 달려와서 아직 피로가 풀리지 않아 오늘은 이만 가 봐야겠네요. 다음에 기회 있으면 그때 같이 한잔해요."

수정은 자신을 붙잡는 강한에게 완곡한 거절을 하였다.

아닌 게 아니라 수정의 얼굴에는 음영이 짙게 드리워져 있었다.

"그래, 크리스탈은 내가 봐도 너무 피곤해 보인다. 어서 들어가 봐."

수정의 거절에 뭔가 말을 하려던 강한 대신 먼저 그 옆에 있던 다른 연예인이 말을 하였다.

방송 녹화가 끝나고 뒤풀이를 하려고 하였는데, 수정의 상태가 영 아니었기 때문에 강한이 붙잡는 것을 일부러 막아 준 것이다.

'이런······.'

한편 강한은 자신의 앞에 끼어드는 남자에게 적의를 드러냈다.

강한의 말을 가로막고 수정에게 쉬라고 말을 한 남자는 강한이 소속된 슈퍼크루와 쌍벽을 이루는 울트라비스트의 리더인 요한이었다.

사실 강한은 울트라비스트의 리더인 요한에게 강한 경쟁심을 가지고 있었다.

두 사람 어린 시절부터 잘 알고 있는 사이로 같은 학교 같은 학년이었다.

뿐만 아니라 두 사람의 부모도 잘 알고 있는 사이로 이들 부모의 관계도 참으로 두 사람의 관계 형성에 지대한 영향을 주었다.

강한의 집안도 잘나가는 집안이었지만, 요한의 집은 강한의 집보다 조금 더 잘사는 집이었다.

그리고 같은 학교에 다니면서 두 사람은 언제나 비교되는 관계였다.

하지만 강한은 덩치가 크고 또 남자답게 생긴데 반해, 요한은 호리호리한 체격에 샤프한 도시남의 젠틀한 느낌의 세련된 남자였다.

이렇듯 모든 것이 대조적이면서 또 비슷한 배경을 가지고 있기에 학교생활은 물론, 연예계에 진출한 것도 비슷한 시기에 했기에 많은 사람들은 두 사람을 비교하길 좋아했다.

하지만 아쉽게도 모든 면에서 약간씩 강한이 요한보다 떨어졌다.

이 때문에 요한은 모르겠지만 강한은 요한에게 심각한 자격지심을 가지고 있었다.

그가 많은 여성 연예인과 염문을 뿌리는 것도 사실 그녀들이 이상형으로 요한을 언급했기 때문이었다.

요한과 사귀기 전에 자신이 먼저 그녀들과 사귀면 요한보다 자신이 우월하다는 생각에서 나온 유치한 행동들이었다.

그러다 나이를 먹으면서 그게 부질없는 행동이었다는 것을 요 근래 깨달으면서 이전에 했던 유치한 행동들을 이젠 하지 않고 있었다.

그리고 요즘 들어 강한은 결혼에 대해 고민하고 있었다.

이제 나이도 있으니 한 여자에 정착을 할 때라고 생각한 것이다.

벌써 그의 나이 29살이나 되었다.

물론 30살 이후로도 아이돌 활동을 하는 연예인들이 많기는 하지만, 강한은 이제는 슬슬 아이돌 가수를 은퇴하고 사업을 하고 싶은 생각이다.

이때 그의 눈에 들어온 사람이 바로 수정이었다.

그녀의 할아버지는 대한민국에서도 알아주는 대기업 회장이다.

비록 이제는 건강상 문제로 일선에서 물러나 있다고 하지만, 그래도 그녀가 상위 0.1%에 들어가는 로열패밀리라는 것은 부정할 수 없는 일이다.

뿐만 아니라 그녀의 아버지는 외무부 고위공직자이며 그녀의 어머니는 유명 패션디자이너였다.

뒤늦게 패션업계에 뛰어들긴 했지만, 현재 수정의 어머니는 한참 주가 상승 중인 디자이너 중 한 명이었다.

이렇듯 자신이 결혼을 했을 때 많은 도움을 줄 수 있다는 생각에 수정을 자신의 결혼 상대자로 점찍고 접근을 하고 있는데, 중간에 요한이 막아선 것이다.

'이 자식도 크리스탈에게 관심이 있는 것 아니야?'

강한은 요한이 자신의 앞을 가로막고 수정을 보내는 모습에 문득 그런 생각을 하게 되었다.

하지만 사실은 그렇지 않았다.

요한은 방송 녹화 도중 내내 피곤한 모습을 보이는 수정이 무척이나 안 돼 보였다.

만약 오늘 촬영이 몇 시간 더 연장이 되었다면 아마 중간에 쓰러질지도 모른다고 생각할 정도로 수정의 상태는 최악이었다.

요한도 연예계 생활을 10년 넘게 하다 보니 딱 보기만 해도 상태를 알 수 있었다.

"그래, 피곤하면 얼른 들어가 봐."

강한이나 요한 말고도 수정에게 관심을 보이는 사람은 많았다.

함께 녹화를 한 다른 연예인들도 이들 주의로 모여들며 한 말 거들었다.

분위기가 자신의 의도대로 흘러가지 않는 것을 깨달은 강한은 하는 수 없이 오늘은 포기해야겠다는 생각을 했다.

'제길, 오늘은 다들 왜 이러는 거야! 젠장, 다음을 노려야겠군!'

하는 수 없이 강한은 수정에게 들어가 쉬라는 말을 할 수밖에 없었다.

"피곤하다니 그럼 들어가 쉬어라! 연예인은 몸이 재산이니 건강 챙기고."

마치 착한 선배인양 강한은 자신을 포장하며 수정에게 권유했다.

"네, 선배님들 죄송해요. 아직 피로가 풀리지 않아 함께하지 못해 죄송합니다."

수정은 얼른 인사를 하고 매니저가 있는 곳으로 걸어갔다.

괜히 늦장을 부리다 다시 붙잡힐지 모른다는 생각에 걸음을 빨리한 것이다.

멀어지는 수정의 모습을 두 눈 가득 담던 강한은 고개를 돌리며 자신의 옆에 있는 요한을 차갑게 노려보았다.

강한이 자신을 노려보는 것을 알고 있는 요한도 고개를 돌려 강한을 보며 피식 하며 미소를 지었다.

그런 요한의 모습에 강한은 모멸감을 느꼈다.

요한의 미소에서 '네가 무슨 생각을 하고 있는지 다 알고 있다' 라는 말을 하고 있는 느낌을 받았기 때문이다.

그리고 그런 강한의 생각은 맞는 것이었다.

요한이 두 사람이 하는 이야기 도중 끼어든 것은 강한이 무슨 의도로 수정에게 작업을 걸고 있는지 잘 알고 있었기 때문이다.

만약 강한이 수정에게 아무런 관심도 없이 그저 인사치례로 그런 말을 했다면 그도 관심을 보이지 않았을 것이다.

하지만 요즘 강한이 어떤 생각을 가지고 있는지 알고 있는 요한은 괜히 수정이 그와 가까워지는 게 보기 싫었다.

사실 요한도 강한 못지않게 주변에서 떠드는 소리에 민감했다.

어느 순간부터 강한과 자신을 비교하고 또 방송에서도 경쟁구도로 방송을 하다 보니 그를 의식하게 되었다.

뿐만 아니라 자신을 이상형이라 말했던 여자 연예인들을 자신보다 먼저 가로채는 것 때문에 화가 나기도 했었다.

솔직히 남자들 중 자신을 좋다고 하는 여자 싫어할 남자가 어디 있겠는가.

그런데 자신을 좋다고 했던 여자들이 어느 순간 자신과 경쟁을 하는 다른 남자 연예인을 사귄다면 그 남자를 좋게 생각할 수 있을까.

더욱이 평소에도 자신을 보며 이죽거리는 사람을 말이다.

그래서 괜히 강한이 하는 일을 훼방 놓고 싶어져 끼어들었다.

그리고 자신의 의도대로 두 사람이 엮이지 못하게 하는 데 성공했다.

'넌 나한테 안 돼!'

강한을 보며 요한은 왠지 모를 우월감을 느낄 수 있었다.

자신의 눈에 빤히 보이는 수작을 하는 강한이 너무도 가소롭게 느껴졌다.

한편 자신을 붙잡는 선배의 손에서 무사히 벗어난 수정은 한시라도 빨리 방송국을 빠져나가 쉬고 싶었다.

'피곤해 죽겠는데, 같잖은 게 선배라고 붙잡고 난리야!'

수정은 선배랍시고 자신을 붙잡은 강한이 무척 마음에 들지 않았다.

소문도 소문이지만 자존감이 강한 수정은 사생활이 지저분한 강한을 남자로서 인정하지 않고 있었다.

그런데 그런 강한이 선배라고 자신의 몸에 손을 댄 것에 기분이 상했다.

비록 수정이 건방진 성격은 아니지만 인간 이하의 행동을 하는 자들까지 존중해야 한다고 생각하는 그런 성격은 아니다.

그렇다고 강한을 만류하던 요한을 좋게 생각하지도 않았다.

사실 두 사람은 느끼지 못하고 있지만 둘 다 50보 100보였다.

끼리끼리 모인다고, 두 사람은 서로는 인정하지 않지만

비슷한 행동들을 하고 있었다.

강한이 많은 여성편력을 자랑한다면, 요한 또한 그에 못지않은 여성편력을 가지고 있었다.

잘생긴 외모에 혹한 많은 여자 연예인들이 추파를 던지면, 오는 여자 거부하지 않는다는 듯 사귀었던 것이다.

그러니 수정이 보기에 두 사람은 똑같은 부류였다.

다만 오늘은 피곤한 자신을 붙잡는 강한을 막아 준 것에 고마울 뿐이다.

또각또각!

"천천히 가자!"

"언니, 나 피곤해! 어서 가서 쉬어야겠어!"

수정은 방송국을 나가기 위해 빠르게 걸어갔다.

그런 수정의 뒤로 매니저인 최한나는 구슬땀을 흘리며 따라가고 있었다.

늦은 시간이라 이미 다른 스태프들은 퇴근을 하였다.

그 때문에 수정의 의상이나 소품들을 매니저인 그녀가 챙겨야 했다.

그러다 보니 빠르게 걸어가는 수정을 따라가기가 무척이

나 힘겨웠다.

사실 매니저인 그녀도 수정과 함께 해외 스케줄을 하였기에 이만저만 피곤한 것이 아니다.

다만 수정이 방송 촬영을 하는 동안 조금 쉴 수 있었다는 것뿐이지만, 그렇다고 그것이 완벽한 휴식이라고 볼 수 없다.

방송국에서 담당 연예인이 촬영을 하고 있는데 마음 놓고 휴식을 할 수는 없기에 그녀는 잠깐 의자에 앉아 휴식을 하다 다시 수정이 속한 그룹의 홍보를 위해 방송국 여기저기 인사를 다녀야 했기 때문이다.

아무튼 빠르게 걸어가는 수정의 뒤로 최한나는 한숨을 쉬며 따라갔다.

방송국을 나와 입구에 서 있으니 저 멀리서 수정을 태우러 벤이 한 대 다가왔다.

부웅…… 끼익!

벤이 자신의 앞에 서자 막 차에 오르려던 수정은 뒤에서 부르는 소리에 멈칫했다.

"누나!"

너무나 늦은 시간이라 팬들도 모두 돌아갔을 것이라 생각했는데, 아직 남아 있던 팬이 있었는지 그녀를 부르는 소리가 있었다.

비록 피곤하긴 했지만 수정은 밝은 표정으로 오르려던 자세를 풀고 몸을 돌렸다.

"아직 남은 팬이 있었네요."

자신을 사랑해 주는 팬 앞에서는 절대로 피곤한 표정을 보이지 않는 수정은 밝게 미소를 지으며 자신을 부른 팬을 향해 작게 말을 걸었다.

하지만 그 표정은 금방 바뀌었다.

"수정이 누나, 오랜만이야!"

자신을 예명이 아닌 본명으로 부르는 남자를 보며 수정은 고개를 갸웃거렸다.

절대로 자신의 팬들은 자신을 본명인 수정이라고 부르지 않고 예명인 크리스탈이라고 불렀다.

물론 둘 다 같은 뜻을 가지고 있는 명칭이긴 하지만, 수정은 방송과 사생활을 철저히 분리를 하였다.

팬들에게 이런 자신의 생각을 데뷔 때부터 알렸기에 팬들도 그녀의 생각을 존중해 지금은 그녀를 크리스탈이라고 불러 주었다.

그런데 그런 자신의 당부를 무시하고 본명을 부르는 남자가 나타나자 표정이 차가워졌다.

한편 차에서 대기하던 수정의 로드매니저 겸 보디가드인 유한상은 차에 오르려던 수정이 누군가의 부름에 멈춰 서자 얼른 차에서 내렸다.

그리고 수정을 부른 남자를 확인하기 위해 차를 돌아갔다.

"누구시죠?"

유한상이 차를 돌아올 동안 수정의 매니저인 최한나는 수정의 앞을 막아서며 물었다.

최한나는 수정의 앞을 막으며 혹시 모를 사태에 대비를 하였다.

가끔 몰상식한 팬들 중 이렇게 가까운 곳에서 스타를 보게 되면 돌변하는 경우가 있었기 때문이다.

망상에 젖어 스타의 본명을 부르며 스타과 자신이 무척이나 가까운 사이라고 착각해 비이성적인 행동을 벌이기도 한다.

그렇기 때문에 그런 일이 벌어지지 않게 매니저는 언제나 대비를 해야 했다.

그런데 최한나는 수정을 막아서며 그녀를 부른 사내를 쳐다보았다.

'어머! 되게 잘생겼다.'

최한나는 사내의 얼굴을 보며 자신도 모르게 얼굴이 붉어졌다.

수정을 누나라 부르는 것으로 보아 수정보다도 나이가 어리단 소리인데, 그렇다는 것은 최한나보다 최소 10살은 어리단 소리였다.

최한나가 수정보다 10살이 많은 34살이기 때문이다.

그런데 10년 이상이나 어린 남자를 보고 얼굴이 붉어진 것이다.

"너무하네. 난 한순간도 누나를 잊어 본 적이 없는데."

수한은 자신을 알아보지 못하고 경계를 하는 수정의 모습에 조금은 실망을 하고 그렇게 말을 했다.

하지만 곧 세월이 너무나 많이 흘렀다는 것을 인정할 수밖에 없었다.

"아무리 시간이 이렇게 많이 흘렀다고 하지만 동생 얼굴도 못 알아보다니……."

수한이 동생 얼굴이라는 말을 하자 수정의 눈이 점점 커지기 시작했다.

"뭐? 동생……?"

"동생?"

수정이나 수한의 말하는 것을 듣고 있던 최한나는 경악을 했다.

최한나도 수정의 집안에 대한 사정을 잘 알고 있었다.

수정이 자신이 소속된 천하 엔터테인먼트의 모기업인 천하그룹 회장의 손녀란 것을 들어 알고 있었다.

뿐만 아니라 그녀의 동생이 아기일 때 유괴되었다는 것도 알고 있었다.

그런데 지금 눈앞에 그런 수정의 동생이라고 주장하는 청년이 나타난 것이다.

그러니 놀라지 않을 수가 없었다.

하지만 동생이란 말을 들은 수정의 표정이 놀람에서 순간 싸늘하게 변하기까지 그리 오랜 시간이 걸리지 않았다.

사실 그동안 자신이 유괴된 수한이라고 찾아온 인간들이 꽤 많았기 때문이다.

유괴된 수한이 천하그룹 회장 정대한의 손자란 사실이 알려지면서 많은 사람들이 아기를 데려왔다.

그건 정대한 회장이 자신의 손자를 찾아 주는 사람에게 10억이라는 포상금을 걸었기 때문이다.

10억이란 포상금은 엄청난 금액이다.

강남의 30평대 고급 아파트가 5~6억 정도 하는데, 그런 아파트를 사고도 최소 4억이나 남는 금액이었다.

그리고 그 포상금은 해가 갈수록 더 올라갔다.

10년 전에는 포상금이 50억까지 이르게 되었다.

이 때문에 많은 사람들이 수한을 찾았다고 아이들을 데려왔지만 모두 포상금을 노리고 꾸며 낸 거짓임이 들통 났다.

그들은 몰랐겠지만 당시에도 유전자 검사가 간단한 것은

아니지만 많은 비용을 지불하면 검사를 할 수 있었다.

비록 국내에 들어온 것은 오래되었지만 그 비용이 만만치 않아 지금처럼 쉽게 할 수 있는 검사는 아니었다.

아무튼 또 누군가 사기를 치려고 하는 것은 아닌가, 하는 생각에 절로 기분이 나빠진 수정은 눈앞에 있는 사내를 노려봤다.

"뭐야? 누나는 18년 만에 돌아온 내가 반갑지도 않은가 봐?"

수한은 자신이 돌아왔다는 말에도 누나의 표정이 싸늘한 것이 이상해 그렇게 말을 했다.

하지만 수한의 말을 들으면서도 표정을 바꾸지 않는 수정이었다.

그런 수정의 모습에 조금 섭섭해진 수한은 짧게 말을 하고 뒤돌아섰다.

"나만 그리워했나 보네……."

어제까지 가슴 졸이며 기대했던 기분이 실망감으로 나락에 떨어지자 수한은 낙담을 하며 돌아서 걸어갔다.

한편 그런 수한의 모습에 수정은 또 표정이 바뀌었다.

돈을 노리고 자신을 속이려고 했던 것이라면 이렇게 쉽게 포기하지 않을 것인데 뒤돌아서는 수한의 모습에서 이상한 생각이 들었다.

뒤돌아 걸어가는 수한의 뒷모습에 진한 슬픔이 묻어났다.

하지만 수정의 매니저인 최한나는 조금 전 수한의 말에 조금은 냉정한 분석을 하였다.

'설마…… 아니야! 말도 안 되는 소리지.'

그녀가 생각하기에 수한의 말은 말도 되지 않는 소리였다.

당시 유괴된 아기는 생후 6개월 정도라 했다.

그런 아이가 자신의 정체를 기억하고 있을 것이란 것은 있을 수 없는 일이었다.

"수정아, 피곤하지 얼른 숙소로 가자!"

최한나는 얼른 수정을 차에 태우고 이곳을 벗어나기로 결정했다.

괜히 미적거리다가 사기꾼에게 속아 넘어갈 수도 있기 때문이었다.

최한나의 부추김에 수정도 고개를 흔들며 차에 올랐다.

하지만 그녀의 머릿속에 계속해서 조금 전 씁쓸한 표정으로 돌아선 사내의 얼굴이 떠올랐다.

부웅!

수정이 차에 오르자 차는 걸어가는 수한을 지나쳐 빠르게 방송국을 빠져나갔다.

벤 안에 있던 수정은 차가 수한을 지나칠 때 창밖으로 잠시 수한의 얼굴을 돌아보았다.

어둠 속 방송국 주변을 밝히는 가로등 불빛으로 희미하게 보이기는 했지만 사내의 얼굴에서 진한 슬픔을 보았다.

그래서일까.

수정은 운전을 하는 유한상에게 말해 차를 멈추게 했다.

"오빠! 차 좀 세워 주세요."

"수정아! 어쩌려고?"

"언니, 아무래도 안 되겠어! 확인할 게 있어!"

수정은 최한나를 설득하고 한상에게 차를 세워 주길 부탁했다.

수정의 부탁에 최한나는 어쩔 수 없다는 표정으로 유한상에게 말을 하였다.

"한상 씨 잠시 세워 주세요."

"알겠습니다."

유한상은 자신보다 직급이 높은 최한나의 말에 차를 멈췄다.

한편 자신의 말을 믿으려 하지 않는 수정의 태도에 낙담한 수한은 가슴 깊은 곳에서 피어나는 쓸쓸한 기분에 눈물이 날 것만 같았다.

18년 전 유괴를 당했을 당시보다 지금이 가족에게서 버려진 것만 같은 기분이 들었기 때문이다.

그리고 이런 기분은 전생에서 친부와 친모에게 버림받았을 때 느끼고 참으로 오랜만에 느껴 보는 더러운 기분이었다.

어금니를 깨물며 억지로 슬픔을 외면하며 걷고 있는 수한의 앞에 검은 그림자가 길게 드리웠다.

자신의 앞을 막는 그림자를 본 수한은 고개를 들어 그림자의 주인을 확인했다.

벌써 떠났을 것이라 생각했던 수정이 눈앞에 자신의 앞을 가로막고 서 있었다.

수한은 그런 수정을 잠시 쳐다보다 조용히 그 곁을 지나치려고 했다.

하지만 그 걸음은 수정의 한마디로 멈출 수밖에 없었다.

"정말 당신이 내 동생 수한이란 증거…… 있나요?"

수한은 수정의 말에 잠시 고개를 갸웃거리다 대답을 했다.

"어떤 증거를 보이란 거죠? 당시 난 아기였고, 몸에 가지고 있던 것이 아무것도 없었는데."

수정의 증거가 있냐는 질문에 수한은 그렇게 대답을 했다.

자신이 유괴되던 당시 자신은 옷을 사기 위해 엄마와 누나 그렇게 셋이서 백화점에 갔다.

만약 누나처럼 컸다면 주머니가 있는 옷을 입었을 것이고, 뭔가 증거가 될 만한 것을 몸에 지니고 있었을 것이다.

그것이 아니고 자신이 여자아이였다면 누나처럼 크지 않았다고 해도 뭔가 꾸미기 위해 어떤 물건을 몸에 지니고 있었을지도 모르겠지만 자신은 사내아이였고, 생후 6개월뿐이 되지 않은 아기였기에 몸에 지니고 있는 것은 아무것도 없었다.

그렇다고 몸에 특별히 증거라고 할 만한 점이나 상처도 가지고 있지 않다.

그런 자신이 어떤 증거를 보여야 할까?

이런 생각에 수한은 수정에게 변명 아닌 변명을 했다.

그런 수한의 말에 수정도 한참을 생각하다 문득 생각나는 것이 있었다.

'그래, 그걸 물어보는 거야!'

수정은 아주 오래전 생각나는 것이 있었다.

어린 시절 동생을 보기 위해 유치원을 갔다 오면 손을 씻고 바로 동생이 자고 있는 방에 찾아갔던 일이 생각난 것이다.

"당신이 내 동생 수한이란 것을 증명하려면 아기 때 봤던 것들을 설명해 봐요."

수정은 동생이 아기였어도 무척이나 똑똑해 주변을 살피

던 것과 자신의 장난감인 I.봇을 가지고 놀던 것이 생각났다.

한편 수정의 질문에 수한은 잠시 생각을 하다 자신이 아기였을 때 눈을 뜨고 봤던 것들을 하나, 하나 설명했다.

"음, 내가 아기일 때 봤던 것이라면, 요람에 누워서 본 천장에 매달린 모빌하고, 푸른색의 벽지, 그리고 문을 열고 들어오던 누나를 처음 보았지. 그리고……."

수한이 아기였을 때 일을 하나, 하나 말을 할 때마다 수정은 경악을 금치 못했다.

처음 아기인 수한이 눈을 뜨고 자신과 눈이 마주쳤을 때를 기억하고 있을 줄은 상상도 못했다.

솔직히 자신도 그랬던 기억을 수한에게서 이야기를 듣고 기억해 냈을 정도였으니.

한편 수정이 차를 멈추고 조금 전 보았던 남자를 다시 찾아가자 최한나는 얼른 사장에게 연락을 하였다.

혹시나 일이 잘못될 수도 있기 때문에 미리 상황을 보고하는 것이다.

보고를 마치고 수정의 곁으로 다가갔다.

"그리고 누나가 가지고 있던 I.봇을 이용해 글을 배우고 또 아빠, 엄마 그리고 누나와 함께 어딘가로 가서 테스트를 받은 것 그리고……."

수한은 계속해서 자신이 백화점에서 유괴되기까지의 일들을 모두 들려주었다.

물론 당시 수한이 유괴되면서 당시 정황에 대한 정보가 많이 뉴스로 알려졌지만 집에서의 사소한 행동까지 알려지진 않았다.

그런데 수한이 그런 사소한 일까지 말을 하자 믿지 않을 수가 없었다.

"정말 수한이 맞니? 내 동생 수한이 맞아?"

자신의 설명에 이제야 자신을 알아주는 듯 누나가 질문을 하자 수한은 밝은 미소를 지으며 대답을 했다.

"그렇다니까! 비록 사정이 있어서 당시 함께 탈출한 양엄마와 지금가지 숨어 살고 있었지만, 맞아!"

수한의 말에 이제는 그의 말을 믿게 된 수정은 엉엉 울며 수한을 끌어안았다.

"수한아! 엉엉, 어디 갔다가 이제 왔어!"

길바닥에서 대성통곡을 하는 수정이었지만 지금은 시간이 너무도 늦은 시간이라 주변에 아무도 없었다.

만약 이렇게 늦은 시간이 아니었다면 아마도 대한민국 뉴스의 한 페이지를 장식할 만한 일이 벌어지고 있었다.

"그동안 어떻게 지낸 거야? 왜 연락 안 했어?"

수정은 수한을 보며 묻고 싶은 것이 너무도 많았다.

달리는 차 안에서 수한의 옆자리에 꼭 붙어 앉아 손을 잡고 물었다.

손이라도 놓으면 다시 동생이 사라질 것만 같아 그렇게 꼭 붙들고 있었다.

하지만 그런 수정의 모습을 뒷자리에서 지켜보고 있는 최한나의 눈은 무척이나 복잡했다.

수정이 그동안 아기 때 유괴된 동생을 얼마나 그리워하고 있는지 너무도 잘 알고 있기 때문이다.

그런 사실을 잘 알고 있기 때문에 이번에도 또 사기로 판명된다면 수정이 받을 상처가 걱정이었다.

자신이 유괴된 천하그룹 회장의 손자라고 찾아온 이들에 대하여 최한나도 많이 들어 알고 있었다.

그리고 그들의 최후는 너무도 비참했다.

감히 대한민국을 움직이는 대기업의 총수를 능멸하려 했다는 것만으로도 그들은 대한민국에서 발붙이고 살기 힘들었다.

뭐 물론 그들도 애초에 사기를 쳐 엄청난 보상금을 받아 들통 나기 전에 외국으로 도망치려 했겠지만 너무도 순진한 생각이었다.

대기업쯤 되면 세계 각지에 연락망이 뻗어 있다.

굳이 지사를 설립하지 않더라도 주재원 정도는 파견할 수 있고 또 그 국가에 요청을 하면 협조를 받을 수도 있다.

그런 대기업의 힘을 모르고 순진하게 자신들의 술수에 넘어갈 줄 알고 덤볐던 사기꾼들은 모두 사기죄로 감옥에 갔으며, 그 말로는 비참했다.

대한민국뿐 아니라 세계의 굴지의 기업들은 모두 암흑가와 어떻게든 연계가 되어 있기 때문이다.

아무튼 이렇게 유괴되었던 동생이라고 찾아올 때마다 수정이나 그 가족들은 뒤늦게 진짜가 아니라 사기란 사실을 알고 크게 낙담을 하였다.

최한나는 이번에도 또 그런 것이 아닌지 걱정이 될 뿐이다.

'만약 사기라면 널 가만두지 않겠다.'

최한나는 수한의 뒤통수를 노려보며 그렇게 다짐했다.

연예계라는 곳이 암흑가와 뗄 수 없는 관계다 보니 그녀가 다니고 있는 천하 엔터테인먼트도 조폭들과 조금은 연관이 있었다.

물론 천하 엔터테인먼트에 소속된 연예인들은 천하그룹 산하 천하가드와 계약을 하고 경호원들의 보호를 받고 있지만, 그래도 아주 사소한 것까지 천하가드에 의존하지는 않는다.

자신들이 직접 처리해야 할 일은 자신들의 선에서 처리를 한다.

이 때문에 천하 엔터도 서울에 있는 조직들의 계보를 꿰고 있었다.

최한나는 이러한 사실을 잘 알기에 이번에도 수정을 흔드는 일이 발생한다면 가만두지 않겠다, 하는 것이다.

수정이 자신이 담당하는 아이돌 그룹인 파이브돌의 리더이기도 하지만, 수정이 천하 엔터에 차지하는 비중이 그만큼 높았다.

아마 최한나의 요청이 있다면 소속사 사장도 충분히 자신의 말을 들어줄 것이기 때문이다.

"난 주변에 도와주시는 분들이 많아 잘 지냈어."

"도와주시는 분들?"

수정은 동생의 말에 조금은 의외라는 표정으로 되물었다.

자신이 듣기로 동생을 납치한 이들의 배경에 일신그룹이 있다고 들었다.

일신그룹이라면 지금은 더욱 커져 10대 재벌 안에 들어갈 정도로 엄청난 대기업이었다.

실종된 수한을 찾기 위해 경찰들도 그렇고 천하그룹도 나서서 찾았다.

뿐만 아니라 그 원수 같은 일신그룹에서도 동생을 찾기 위해 나섰다.

겉으로는 자신들의 무고함을 입증하기 위해 천하그룹을 돕겠다고 나섰지만 수정이나 천하그룹 그 누구도 그 말을 믿지 않았다.

아무튼 대한민국을 좌지우지하는 대기업 두 곳과 공권력이 총동원되어 찾았지만 찾지 못했는데, 지금 동생의 말을 들어 보며 어떤 단체에서 수한을 숨겨 주었기에 모두 찾지 못했다는 것을 알게 되었다.

"그래도 연락은 할 수 있었잖아!"

뭔가 서운한 생각에 수정은 팩 토라져 그렇게 소리쳤다.

그 때문에 잠시 달리던 차가 휘청 하기는 했지만, 아무튼 토라진 척 수정이 소리치자 수한은 당황해 뒷머리를 긁적였다.

"물론 연락을 할 수도 있었겠지만, 누나도 생각해 봐. 날 납치한 사람들이 얼마나 주도면밀한 자들이었는지. 거기 원장이란 사람이나 부원장이란 사람은 사람 목숨을 파리 목숨처럼 생각하던 사람이야. 날 구해 준, 지금은 나랑 지금 내 양엄마 역시 그때 죽을 뻔했어."

"뭐?"

수한이 죽을 뻔했다는 말에 수정이 다시 한 번 놀라 눈을 크게 떴다.

"당시 난 산 채로 소각장에 던져질 뻔했어······."

수한은 당시 이안용이 자신과 최성희를 지하 소각장으로 데려가던 일을 생각했다.

당시의 기억을 되새기자 자신도 모르게 눈가에 살기가 돌았다.

순간적으로 분위기가 바뀌자 차 안의 온도가 내려가는 느낌이 들었다.

수정은 차 안이 싸늘해지자 자신도 모르게 몸을 떨었다.

그건 수정뿐 아니라 뒷자리에 있는 최한나나 운전을 하고 있던 유한상도 같은 느낌을 받았다.

한편 수한은 잠시 그날의 일을 기억하다 고개를 돌리고 누나를 보았다.

'이런······.'

수한은 자신이 분노한 것 때문에 마력이 움직였다는 것을 깨달았다.

평범한 사람이 분노할 때는 민감한 사람이 아니라면 그 기운을 느낄 수 없지만, 수련을 한 사람이라면 그동안 몸에 기운이 쌓이기 때문에 통제를 하지 않고 기세가 발산이 되면 보통 사람도 느낄 수 있다.

수한처럼 몸 내부에 엄청난 마력을 가지고 있는 사람이라면 그 정도는 보통 사람이 감당하기 힘들 정도다.

그런데 지금 누나인 수정을 곁에 두고도 잠시 기운을 통제하지 않아 떨고 있는 그녀의 모습에 자신의 실수를 깨달았다.

"이런…… 누나 미안."

"이거 뭐야?"

수한의 사과에 수정은 자신이 느낀 것이 평범한 게 아니란 것을 깨닫고 물었다.

그리고 그런 궁금증은 비단 수정뿐만이 아니라 최한나나 운전을 하는 유한상도 같은 궁금증이 일었다.

더욱이 유한상은 천하가드에서 파견된 경호원이었다.

비록 그것을 숨기기 위해 로드매니저 일도 하고 있지만 말이다.

천하가드에 소속된 경호원들은 모두 무술 유단자들이었다.

태권도와 유도 등 알려진 것도 있지만, 천하가드의 경호원들은 알려진 무술 외에도 자체적으로 수련하는 무술들이 있었다.

유한상도 분기마다 한차례 시간을 내 천하가드 연수원에 찾아가 일주일 동안 교육을 받는다.

그때 자신을 가르치던 교관들에게서 느껴지던 기세를, 조금 전 잘 쳐 줘야 20대 초반으로 보이는 청년에게서 느꼈다.

그러니 그가 놀라지 않을 수 없었다.

한편 수한은 다른 사람들이 그러거나 말거나 수정의 질문에 답을 해주었다.

"별거 아냐. 사람마다 기라는 것을 가지고 있는데, 난 그것을 좀 더 깊게 수련을 해서 다른 사람들 보다 너 활용할 수 있어. 그리고 잠시 그때 일이 생각나면 나도 모르게 기를 통제하지 못해 그런 거야."

말을 듣고 있는 수정이나 최한나는 수한이 지금 무슨 소리를 하는 것인지 알아듣지 못해 고개를 갸웃거렸다.

하지만 차 안에 수한을 빼고 유일하게 그의 말을 알아듣는 사람이 있었다.

아무튼 그러거나 말거나 수한은 조금 전 수정이 물었던 어떻게 지냈느냐는 질문에 대한 이야기를 들려주었다.

"내가 의붓할아버지로 삼은 분이 있는데, 그분은……."

수한은 지킴이에 대하여 깊은 것은 아니지만 간략하게 설명을 해 주었다.

자신이 최성희와 함께 숨어든 지리산 깊은 곳에 있는 암자에 관한 이야기를 시작으로, 그곳 주지스님이 오래전부터 민족을 지키는 단체의 수장이며, 또 그곳에 소속된 분들의 도움으로 자신을 죽이기 위해 찾고 있는 사람들의 시선을 벗어날 수 있었다는 이야기, 그리고 또 그들의 도움으로 무사히 교육을 마칠 수 있었다는 이야기도 들려주었다.

"어머나! 그렇게 고마운 분들이 있었다니, 할아버지가 아시면 그분들에게 충분히 보상을 해 주실 거야! 참 다행이다."

수한은 보상을 해 줄 것이라는 수정의 말에 자신도 모르게 미소를 지었다.

지킴이에 소속된 사람들은 절대로 보상을 바라고 자신을 도와준 것이 아니기 때문이다.

차 안에서 이야기가 계속 될수록 최한나는 어쩌면 정말로 수한이 수정의 진짜 동생일지도 모른다는 생각이 들었다.

말하는 것이 막힘이 없고, 또 당시 상황에 너무도 잘 맞았기 때문이다.

만약 누군가에 의해 조작된 일이라면 엄청난 규모를 자랑하는 거대 사기 조직일 것이란 생각도 들었다.

하지만 보상금 50억이 크긴 하지만 이 정도의 스케일의 사기를 치려고 오랜 기간 그런 음모를 꾸미지는 않을 것이란 생각도 들었다.

이렇게 잘 짜인 사기를 치려면 굳이 50억 정도를 노리고 사기를 치기보다는 차라리 다른 쪽으로 나가는 것이 돈을 더 쉽게, 더 많이 벌 것이기 때문이다.

수한의 뒷모습을 지켜보는 최한나의 머릿속은 이 때문에 무척이나 복잡하게 돌아갔다.

하지만 한 가지 제발 이번에는 진짜가 나타나 그동안 애타게 동생을 찾기 위해 노력한 수정이 편해졌으면 하는 바람이었다.

6.
가족모임

이얏! 이얏!

팡! 팡!

넓은 정원이 있는 어느 조용한 저택에 우렁찬 기합 소리가 울리고 있었다.

서울에서 이렇게 넓은 정원이 있을까?

그런데 정말로 있었다.

정원한 가운데에 나이 지긋한 노인이 흰색 도복을 입고 맨손으로 어떤 무술을 수련하고 있었는데, 흔히 알고 있는 무술과는 그 형이 달라 어떤 무술을 수련하고 있는지는 알 수 없었으나, 나이 지긋한 노인이 하는 것 치고는 무척이나 강맹한 모습을 보이고 있었다.

그리고 그 노인의 무술 시범을 관람이라도 하듯 주변에 비슷한 복장을 한 많은 사람들이 지켜보고 있었다.

노인은 얼굴에 구슬땀이 흐르고 있지만 그 눈빛만은 한 점 흐트러지지 않고 어딘가를 집중하였다.

이얍!

지금까지와는 비교도 되지 않을 정도로 우렁찬 기합과 함께 모든 동작이 멈췄다.

그런데 이때 참으로 희한한 현상이 연출이 되었다.

노인의 동작이 멈추고 정면으로 정권 지르기가 끝났는데, 이때 마치 비행기가 음속을 돌파할 때 나는 소닉붐처럼 팡! 하고 공기가 찢어지는 소리가 들렸다.

누렇게 마른 잔디의 잔해가 흙먼지와 함께 소용돌이를 일으키며 노인이 주먹을 지른 방향으로 2m 정도 뻗어 나갔다.

참으로 보기 힘든 희한한 광경이었다.

그리고 그 광경을 지켜보던 사람들의 얼굴에는 감탄을 하는 표정과 뭔가 흠모하는 듯한 표정이 되었다.

"수고하셨습니다."

구경을 하던 사람들과 다르게 검은 양복을 입고 있던 50대쯤으로 보이는 장년의 사내가 쟁반에 물 컵과 수건을 들고 다가오며 말을 걸었다.

조금 전 무술 시범을 하였던 노인은 자신에게 다가온 사

내가 들고 온 물건 중 수건을 들고 얼굴에 흐르는 땀을 닦
으며 말을 하였다.

"이젠 나이가 들어 그런지 힘들군!"

"아니, 이 정도 가지고 무슨 엄살을 피우십니까?"

사내는 노인의 말에 엄살을 피운다며 말을 받았다.

하지만 노인은 사내의 말에 별다른 표정을 짓지 않고 물
었다.

"그래, 어떻게 됐어?"

"조사를 하고 있지만 아무것도 알 수가 없습니다."

"알 수가 없다?"

"예, 뒷조사를 하였는데, 그의 말대로 양모가 한 명 있기
는 한데, 그게 참으로 이상합니다."

"뭐가 이상하다는 것이야?"

"예, 그것이……."

사내는 조심스럽게 이야기를 하였다.

이야기를 듣고 있는 노인이 지금처럼 아무런 억양이 없을
때 그가 얼마나 집중을 하고 있는지 잘 알고 있기 때문이
다.

오랜 기간 노인을 수행하면서 이런 때 자칫 실수를 해 그
동안 노력이 수포로 돌아갈 수도 있다는 것을 잘 알고 있
다.

"일신학원에서 몸을 숨겼을 당시 함께 그곳을 빠져나갔던 여자의 이름이 최성희이고, 이번에 조사대상의 의붓어머니가 동명인임을 확인했습니다. 그런데……."

"그런데?"

"그런데 그 뒤로 아무것도 나오지 않습니다. 너무도 서류가 완벽해 더 이상 나오는 것이 없습니다."

"그게 말이 된다고 생각하나?"

"그럼 애 아버지는?"

대한민국 입양법에는 양자를 들이기 위해서는 아빠, 엄마 모두 있어야 한다고 되어 있다.

그리고 양자를 부양할 능력이 있어야 하며, 또 양자의 종교의 자유를 보장해야 한다고 되어 있다.

그 밑으로도 많은 조항들이 있는데, 이 중 대상의 양부모 중에 양모는 있는데, 양부가 없었다.

이는 정상적으로 꾸려진 가족관계가 아니란 소리였다.

그런데 서류에는 정상적으로 허가가 난 것으로 되어 있었다.

이것으로 미루어 봐서 이들의 뒤를 봐 주는 집단이 있다는 결론을 얻을 수 있었다.

더욱이 공공서류를 조작할 수 있을 정도의 힘을 가진 집단이 말이다.

이 때문에 사내는 조사 과정에서 어려움을 겪을 수밖에 없었고, 지금 노인에게 그 의문을 그대로 알려 주는 것이다.

"그럼 이놈도 가짜일 수 있다는 말인가?"

"예, 그럴 가능성이 더 높다고 생각됩니다. 당시 도망쳤던 여자의 가족관계를 봐도 이 정도로 서류를 꾸밀 수 있는 힘이 없습니다. 더욱이 최성희의 가족들을 감시하던 것은 저희들뿐만이 아니라 일신 놈들도 그렇고, 정부에서도 찾지 않습니까?"

"그렇지, 그 죽일 놈들도 그 여자의 가족을 감시하고 있었지."

노인은 뭔가를 생각했는지 말을 하면서도 그 말투에 분노가 가득했다.

"그런데 특이사항이 있습니다."

"특이사항?"

노인은 사내가 특이사항이 있다는 말에 관심을 보였다.

"예, 자신이 회장님의 손자라 주장하는 청년은 미국에서 박사 학위를 받고 귀국한 것으로 밝혀졌습니다."

"뭐야!"

노인은 자신의 실종되었던 손자라고 나타난 청년의 뒷조사를 시켰다.

그런데 조사를 한 내용을 보고 받는 중에 부정적인 내용만 나오지 실망을 했다.

하지만 뒤이어 나온 특이사항이라는 내용에 잠시 관심을 보였는데, 그 내용이 참으로 뜻밖이었다.

자신의 손자라면 이제 겨우 19세.

곧 새해가 밝으며 1살 더 먹어 20살이 되지만, 그래도 벌써 박사 학위를 받았다는 것은 너무도 놀라운 일이었다.

"음……."

그 말이 사실이라면 그 청년은 대단한 천재가 아닐 수 없었다.

그런데 예전 자신의 아들이 손자를 찾아 달라며 왔을 때 자신의 손자가 보기 드믄 천재란 것을 알았다.

당시 TV에도 소개가 될 정도로 엄청 똑똑한 놈이란 기억이 났다.

"DNA검사 결과는 나왔나?"

노인은 더 이상 다른 보고를 듣기보다 DNA검사가 궁금해졌다.

어떤 집단이 막고 있는지 천하그룹의 힘으로도 더 이상 찾을 수 없다니 이젠 유전자 검사에 희망을 걸어 볼 생각이다.

사실 그동안 노인, 정대한은 자신의 손자를 찾는 것을 사실상 포기를 한 상태였다.

생후 6개월 된 아기가 성인 여성과 함께 있다고 하지만 지금까지 장장 18년 동안 들키지 않고 숨어 생존한다는 것은 불가능한 일이라 생각했다.

더욱이 그들을 찾는 인원은 지금까지 실종된 사람을 찾기 위해 동원된 인원 중 최대 규모였다.

민관군은 물론, 천하그룹과 일신그룹까지 힘을 쏟았다.

하지만 하늘로 솟았는지 아니면 땅으로 꺼졌는지 그 어느 곳에도 흔적이 발견되지 않았다.

서울 외각 모텔에서의 흔적을 마지막으로 손자를 데려간 것으로 보이는 여성의 흔적이 끊겼다.

자신을 붙잡기 위해 동원된 일신그룹 해결사들을 피해 달아난 것으로 끝이었다.

더 이상 그녀의 흔적은 나타나지 않았다.

아기를 데리고 있으니 어딘가에 흔적을 남길 것이란 예상과 다르게 그 어디에도 나타나지 않았다.

그래서 정대한은 그녀와 손자가 경찰이나 자신들이 아닌 일신그룹의 손에 걸려들어 죽은 것으로 생각했다.

그런데 18년 만에 손자라고 나타나니 쉽게 믿어지지 않았다.

이것도 일신그룹의 음모가 아닐까? 하는 생각 때문에 조사를 지시한 것이다.

참으로 알 수 없는 일이었다.

천하그룹의 능력이 이것뿐이 되지 않았는지 후회가 들었다.

손자가 실종되기 전까지만 해도 정대한은 자신이 회장으로 있는 천하그룹이 대단한 힘을 가지고 있다고 생각했었다.

실제로도 대한민국 재계서열 1위인 성삼그룹도 자신들을 무시하지 않을 정도였기에 정대한은 그게 정말인 줄 알았다.

하지만 나중에 시간이 지나고 보니 알게 되었다.

자신이 엄청난 착각을 하고 있었다고 말이다.

일신그룹과 단기간의 출혈경쟁을 하면서 느낀 것은 다른 그룹들이 천하그룹과 대결을 하지 않으려 했던 것은 그저 경쟁을 해 봐야 얻는 것 보다 잃는 것이 많아 이겨도 상처뿐인 영광이라는 사실과 함께, 정계에서 자신들을 그냥 두고 보고만 있지 않는다는 것을 그때 알게 되었다.

대통령의 제지로 싸움을 멈추긴 했지만 일신그룹이나 자신이나 싸움을 멈추지 않았다.

아니, 멈출 수가 없었다고 하는 것이 맞는 표현이리라.

이미 싸움은 자신들의 통제를 벗어나 버렸던 것이다.

기업이라는 것이 처음 소규모였을 때야 인간의 통제가 가능하지만, 규모가 점점 커지고 대기업이 되며, 또 그룹이 되다 보면 회사라는 것은 이미 생명력을 가지고 움직이기 시작한다.

정대한이 이것을 깨닫고 통제를 하려고 했을 때는 조금 늦은 뒤였다.

이 때문에 안과 밖으로 통제를 하느라 정대한은 아니, 천하그룹은 많은 타격을 입었다.

그래서 더 성장할 수 있던 시기에 일신그룹과의 싸움 때문에 시기를 놓쳐 버렸다.

그에 비해 일신그룹은 천하그룹보다 타격이 적었다.

주로 일본과 한국기업 간의 중계를 하고 그 커미션을 받는 일을 하던 일신그룹은 피해를 최소로 할 수 있었다.

물론 당시 정명수의 방해로 피해를 입긴 했지만 천하그룹이 입은 피해에 비하면 별거 아니었다.

그리고 대한민국 정재계 전반에 포진한 친일인사들의 도움으로 지금에 이르러서는 그 성세가 막강해져 10대 그룹 반열에 들어서고 말았다.

이것은 규모면에서도 천하그룹은 이제 일신그룹의 절반 정도밖에 미치지 못하게 되었다.

일신그룹을 생각하니 자신도 모르게 살기가 일기 시작하

는 정대한이었다.

"조금 더 조사를 해 보고 유전자 검사하는 곳에는 좀 더
재촉해 봐!"

"알겠습니다."

정대한은 정신을 추스르고 다시 지시했다.

"수한아! 어서 준비해!"

수정은 아침 일찍 수한의 집에 들이닥쳐 수한을 깨운 다
음 이렇게 닦달하고 있었다.

수정이 수한의 집에 와 이렇게 수한을 닦달하는 이유는
바로 오늘이 천하그룹 회장이자 이들 남매의 친할아버지인
정대한을 만나러 가는 날이기 때문이다.

아직 수한은 친부모를 만나지 못했는데, 그 이유는 수한
의 아버지 정명수가 캄보디아 대사로 나가 있기 때문이다.

솔직히 정명수의 능력이라면 캄보디아 대사가 아니라 좀
더 중요한 나라의 대사로 파견 갈 수도 있었지만 그러지 못
했는데, 이게 다 일신그룹이 정부에 압력을 넣어 그렇게 된
것이다.

정재계 전 방위적으로 일신그룹의 영향력이 18년 전과는

딴판으로 막강해 어쩔 수 없었다.

이 모든 것이 18년 전 정명수가 외무부 사무관으로 있을 때, 일신학원의 최제국이 자신의 아들을 유괴하라 사주한 것에 대한 보복으로 천하그룹과 함께 일신그룹을 압박한 데 대한 보복 조치였다.

아무튼 수한은 학업을 마치고 한국에 돌아와 자신의 친가족을 만나려는 꿈에 부풀었지만, 아버지가 캄보디아에 대사로 파견을 나가 있는 것 때문에 엄마 조미영 여사도 함께 캄보디아에 있었다.

그 때문에 수한은 누나인 수정을 만나는 것에 그치고 말았다.

참으로 얄궂은 운명이 아닐 수 없었다.

수한에게 그나마 다행히 자신이 백화점에서 유괴가 되면서 그 충격으로 쓰러졌던 엄마가 기력을 찾고 원래 꿈이었던 패션 디자이너가 되었다는 것이다.

그리고 오늘 수정과 자신의 할아버지인 정대한이 부른다는 말에 준비를 하려 했지만, 생각보다 일찍 도착한 수정으로 인해 수한은 정신이 혼미해질 정도로 정신이 없었다.

"누나! 그냥 거실에 앉아 있어! 나 혼자도 다 할 수 있으니……."

수한은 참다못해 수정에게 그렇게 말을 하였다.

하지만 수정은 그런 동생을 보며 한 소리 했다.

"18년 동안 못해 준 것을 해 주는 거야! 그러니 넌 잠자
고 누나가 하는 대로만 하면 돼!"

수정은 그렇게 말을 하고 막무가내로 수한의 팔을 끌고
욕실로 들어가 샤워기에 물을 틀고 뿌렸다.

"누나!"

하지만 아무리 누나라고 하지만 남녀가 유별한데 욕실에
그것도 하초를 가리는 속옷 한 장만 걸치고 있는 상태에서
이렇게 막무가내로 화장실에 끌고 와서 물을 뿌리는 건 아
니라고 생각했다.

"누나, 제발 내가 할 수 있으니 나가 있으라고."

억지로 자신에게 물을 뿌리고 있는 수정을 밀어내고 화장
실 문을 닫았다.

수정은 그렇게 수한에 의해 떠밀려 화장실에서 쫓겨나 밖
으로 나올 수밖에 없었다.

하는 수 없이 밖으로 나온 수정은 문득 자신이 너무 야단
했다는 걸 깨달았다.

'아! 수한이가 아직 잠에서 덜 깨어나 속옷만 입고 있었
구나!'

조금 전 수한의 상태가 이제야 생각이 나며 수한이 무엇
때문에 그렇게 필사적이었는지 생각났다.

"그, 그래, 그럼 입구에 갈아입을 옷 가져다 둘 테니 얼른 씻고 나와!"

수정은 그렇게 동성 동생에게 하듯 말을 하고 옷 방으로 들어가 수한이 갈아입을 옷을 챙겨 화장실 문 앞에 가져다 두었다.

한편 아침 일찍부터 집으로 쳐들어온 누나로 인해 정신이 하나도 없던 수한은 찬물을 뒤집어썼더니 정신이 번쩍 났다.

'정신이 하나도 없네! 어휴…… 팬들은 누나가 저러는 것을 알까?'

문든 수한은 문득 누나의 팬들에 대해 걱정하게 되었다.

누가 뭐래도 현재 수정은 잘나가는 최고의 여성 아이돌 그룹의 리더.

그녀를 알고 있는 팬들에게 여왕으로 통하는 그런 존재였다.

그도 그럴 것이 할아버지는 그녀가 소속된 천하 엔터테인 먼트까지 거느린 대기업의 회장이니까.

그리고 그녀의 아버지는 외무부 고위직 공무원으로 캄보디아 대사로 파견 나가 계신다.

뿐만 아니라 그녀의 엄마 또한 유명 디자이너였고, 본인 또한 지성과 미모를 함께 가지고 있는 최고의 재원이었다.

명문 고구려 대학 4학년에, 고구려대의 메이퀸을 4년 내내 줄곧 놓치지 않았다.

물론 수정이 고구려대의 메이퀸이 된 것은 그녀의 배경이 아닌 전적으로 그녀의 미모를 보고 뽑은 성적을 바탕으로 메이퀸이 된 것이다.

172㎝의 모델 뺨치는 늘씬한 키에 8등신을 넘어 9등신에 이르는 신체비율, 거기에 비쩍 마른 모델 몸매가 아닌 글래머 몸매를 가지고 있었다.

그리고 그녀는 연예인을 한다고 해서 대학을 특별전형으로 입학한 것이 아니라 순수 본인의 실력으로 시험을 치고 들어갔다.

한참 연예인들의 특례입학이 문제가 있던 때, 연예인이 흔히 지원하는 방송통신학과나 연극영화과가 아닌 경영학과에 차석으로 입학을 하였다.

그 때문에 한때 그녀의 시험 성적으로 논란이 잠시 일기도 했지만, 그녀의 초등학생 때부터 고등학교 졸업할 때까지의 성적표와 생활기록부가 언론에 공개가 되면서 논란은 일소되었다.

이렇게 미모면 미모, 배경이면 배경, 그리고 지성이면 지성, 어느 것 하나 빠지지 않는 그녀로 인해 엄친아 말고 엄친딸의 표본으로 한때 파이브돌의 리더 크리스탈이 아닌 엄친딸로 불리기도 했었다.

그런 수정이 막무가내에 덤벙대고 있으나 아마 그녀의 팬들이 이런 모습을 보았다면 자신의 눈을 의심했으리라.

수한은 잠시 그런 생각을 하다 자신도 모르게 피식 하고 헛웃음을 하였다.

피식.

'누나가 의외로 귀엽네.'

수한은 자신도 모르게 자신의 누나인 수정이 귀엽다는 생각이 들었다.

수한이 지금까지 여자를 많이 만나 본 것은 아니지만 미국에서 공부를 할 때 그곳에서 많은 여자를 만나 보았다.

비록 나이는 어리지만 어려서부터 의붓할아버지인 혜원으로부터 많은 교육을 받아 온 수한은 자신의 전생인 대마도사로서의 힘을 다시 습득하기 위해 노력을 하는 한편, 혜원이 가르쳐 주는 우리나라 전통의 무술도 수련하였다.

혜원에게서 무술을 배우면서 수한은 이 세계의 무술에 대하여 깜짝 놀라게 되었다.

자신이 느끼기에 지구는 마나가 무척이나 부족한 세상이었다.

그런데 혜원이 알려 주는 무술은 그런 희박한 마나를 끌어들여 마법처럼 몸 안에 쌓게 해 주는 효능이 있었다.

사실 수한은 마나를 끌어들여 마력을 쌓는 데 무척이나 애를 먹고 있었다.

　너무도 희박한 마나로 인해 마나가 자신의 의도대로 몸으로 이끌어 오는 것이 힘들었기 때문이다.

　한순간 방심을 하면 느껴지던 마나가 흔적도 없이 사라져 노력이 수포로 돌아갔던 적이 한두 번이 아니었다.

　하지만 수한이 4살이 되던 때부터 시작된 혜원의 가르침에 힘입어 빠르게 마나를 몸으로 끌어들여 마력으로 변환할 수 있었다.

　뿐만 아니라 혜원과 혜원이 속한 단체에서 보내 온 각종 보약으로 인해 전생 못지않은 마력을 몸에 가지게 되었는데, 이런 혜원의 가르침과 지원이 아니었다면 아무리 전생의 기억을 가지고 있는 수한이라고 해도 마법을 지금의 수준에 이르기까지는 아직도 요원했을 것이다.

　혜원이 가르쳐 준 전통무술은 최상급 마나명상법 보다 뛰어난 것이라 전생에 익힌 명상법과 함께 상승효과를 발휘했다.

　몸으로 마나를 끌어들이는 것은 전통무술에 있는 동공이 더 좋았고, 또 몸에 들어온 마나를 마력으로 변환하는 효율은 전생의 마나명상법이 더 좋았기에 두 가지가 합쳐지면서 보다 뛰어난 효율을 발휘하였다.

그래서 희박한 마나 분포에도 불구하고 수한의 경지가 이른 나이에 전생의 경지에 들어설 수 있었다.

아무튼 어려서부터 전통무술까지 수련하다 보니 수한의 몸은 일반적인 천재들과 확연히 달랐다.

흔히 알고 있는 천재들이 부실한 학자 같은 모습을 하고 있다면 수한은 소설이나 영화에 나오는 문무겸비의 인물과 비슷했다.

사실 수한은 나이는 어리지만 미국에서 동급생들에게 많은 호감을 주었다.

비록 동양인이란 흠을 가지고 있지만, 동양인 치고는 하얀 피부에 큰 키, 오뚝한 콧날 그리고 무엇보다 오밀조밀하게 잘생긴 외모와 뛰어난 운동신경 등 많은 것을 가지고 있으면서도 겸손한 수한의 인품으로 인해 많은 동급생들 사이에서 큰 인기를 끌었다.

누나나 동생이나 참으로 잘난 남매가 아닐 수 없었다.

정수현은 현재 무척이나 기분이 좋지 못했다.

계속되는 경영 악화로 스트레스가 쌓여 친구들과 스트레스를 풀기 위해 오랜만에 클럽을 찾았다.

간만에 맘에 드는 아가씨도 있어 막 작업을 하려던 찰나 집안에서 호출이 온 것이다.

"일 때문에 지금 못 가!"

평일에는 아버지의 감시 때문에 놀지 못하지만, 일과가 끝나는 금요일 저녁 이후의 시간은 간섭을 하지 않았다.

그래서 오랜만에 스트레스라도 풀기 위해 나왔는데 사촌에게서 연락이 온 것이다.

수현의 집안인 천하그룹은 다른 대기업들의 집안과 다르게 일과 외 시간에 한해서 그렇게 간섭이 심한 편이 아니었다.

그렇기 때문에 수현도 과중한 업무에도 이렇게 시간이 나자 친구를 만나 클럽에도 올 수 있었던 것이다.

그렇지만 수현은 이것도 사실 불만이었다.

친구들은 자신처럼 회사 업무를 보지 않기 때문이다.

아무리 후계 수업이라고 하지만 해도 너무했다.

친구들은 회사에 들어가도 이사로 시작을 해, 업무 파악을 위한 인원까지 집안에서 모두 붙여 줘 쉽게 회사에 적응을 하였다.

그런데 자신은 천하그룹 회장의 손자이면서도 회사 밑바닥부터 올라가야만 했다.

물론 몇 년 만 더 고생을 하면 친구들처럼 이사 자리에 오르겠지만 이건 아니란 생각이었다.

스트레스를 풀기 위해 친구들을 만날 때면 하는 친구들의 이야기 때문에 오히려 더 스트레스를 받을 지경이다.

하지만 그렇다고 친구들이 아니면 자신의 하소연을 들어 줄 사람이 없기 때문에 어울리고 있었다.

더욱이 어차피 자신이 나중에 경영 일선에 올라가면 또 어울려야 하니 미리미리 인맥을 관리하는 차원에서라도 친해져야 했다.

"알았어! 제길, 그놈이 뭐라고 내가 거기까지 가야 하는 거야!"

수현은 할아버지의 엄명이란 말에 하는 수 없이 클럽을 나가야만 했다.

"무슨 일인데 그러냐?"

"뭐야? 너 벌써 가게?"

수현이 전화를 끊고 벗어 두었던 양복 상의를 집어 들자 친구들이 물었다.

"그래, 간다."

"왜? 너 오늘은 한가하다고 했잖아?"

"그랬지. 그런데 우리 꼰대가 호출이란다."

"뭐? 너희 할아버지가 호출했다고?"

"그래, 애기 때 실종됐던 사촌이 돌아왔다나, 어쨌다나?

아무튼 안 오면 불이익 있을지 모른다고 수종이 형이 그런다."

수한이 조금 전 자신에게 전화를 한 사람이 누구이며 무엇 때문에 전화를 했는지 친구들에게 들려주었다.

그러자 그의 친구들이 하나 같이 눈이 동그래져 물었다.

"너희 집에 실종된 사촌이 있었어?"

"응, 너희 수정이 알지?"

"알지."

수현이 수정의 이름을 거론하자 그의 친구들도 모두 고개를 끄덕인다.

이 중 몇은 수정을 눈여겨보고 있는 이도 있었기 때문이다.

끼리끼리 모인다고 이 자리에 있는 이들도 수현처럼 재벌 3세들이었다.

그러다 보니 이들도 결혼에 관해서 철학이 뚜렷한데, 자신들의 배우자도 격에 맞아야 한다고 생각했다.

어차피 재벌들의 결혼은 조건과 조건의 만남이다.

그런데 재벌가 딸들이라고 모두 미인인 것은 아니다.

하지만 수현의 사촌인 정수정은 달랐다.

막말로 이 자리에 있는 재벌 3세들 말고 나이가 더 많은 재벌 2세들 중에서도 수정을 어떻게 해 보려고 하는 이들도

GREAT
KOREA

있었다.

수정이 처음 연예계 데뷔를 했을 당시 수정의 집안이 알려지지 않았을 때, 멋모르고 껄떡이던 재벌 2세가 있었다.

보기 드문 미인인 파릇파릇한 아이돌이 나타났으니 당연 사람들의 이목을 끄는 건 당연했다.

수정이 속한 아이돌 그룹을 스타로 만들어 줄 테니 자신과 조건만남을 가지자는 제의였다.

물론 그 재벌 2세는 부인까지 버젓이 있는 유부남이었다.

하지만 그는 어느 날 갑자기 외국으로 나가 돌아오지 않았다.

도대체 무슨 일이 있었는지 모르지만 아무튼 천하 엔터테인먼트에 스폰서를 하겠다고 찾아갔던 그는 더 이상 국내에서 볼 수가 없었다.

그게 벌써 4년 전 일이다.

나중에 수정의 할아버지가 천하그룹 정대한 회장이란 사실이 알려지면서 그 일이 상류층에 알려지면서 조용히 넘어갔다.

아무튼 그런 일이 있었지만 아직 결혼을 하지 않은 재벌 2, 3세들에게는 더욱 수정의 주가가 올라가는 계기가 되었다.

미녀에 명문 고구려대에 재학 중에, 집안은 재계순위 중

상위의 대기업.

당연히 대한민국 최고의 신부감으로 뽑히기에 부족하지 않았다.

수현이 수정의 이야기를 꺼내자 그의 친구들이 관심을 보이기 시작했다.

"설마 실종되었다 돌아왔다는 사촌이 파이브돌의 리더 크리스탈의 동생이란 말이지?"

"그래, 그런데 크리스탈에게 동생이 있었다니…… 난 왜 한 번도 들어 보지 못했지?"

대한민국 상류층은 그들만의 모임이 있어 수시로 모임을 가지고 정보를 교환한다.

이른바 사교모임을 가지는 것이다.

그러면서 자신들에게 유리한 정보를 모으기도 하고 또 거짓 정보를 흘려 경쟁자를 견제를 하기도 한다.

수현의 친구들도 이런 모임에 자주 나가는 것은 아니지만 지금까지 한 번도 그런 소문을 들어 본 기억이 없었다.

"하긴 나도 그 사실을 알게 된 게 10년 전이다. 집안에서 비밀로 하는 이야기라 아마 모르는 사람도 많을 거다."

"그래? 그런데 언제 실종이 되었기에 우리들 중 들어 본 사람이 한 명도 없던 거냐?"

"18년 전이라고 하더라! 태어난 지 6개월 만에 유괴되었다가 실종되었는데!"

"그게 사실이냐? 대박이다."

"아무튼 오늘 할아버지 댁에 온다니 가 봐야겠다. 할아버지 엄명으로 친척들 모두 모인단다."

"그래, 그럼 얼른 가 봐라! 괜히 너희 할아버지 눈 밖에 났다가 무슨 경을 칠라고……."

수현의 친구들은 수현의 마음을 알겠다는 듯 더 이상 붙잡지 않았다.

하지만 수현은 자신을 보내려는 친구들의 눈에서 아쉬움보다 새로운 이야깃거리가 생겼다는 기운을 느낄 수 있었다.

'새끼들…… 말로만 친구지!'

수현은 밖으로 나가면서 속으로 그렇게 생각했다.

자신이 스트레스를 풀기 위해 나온 것이긴 하지만 이들 중 자신이 진정으로 친구라 부를 만한 이는 한 명도 없었다.

클럽 룸 안에 남아 있는 이들도 마찬가지일 것이다.

그들 모두 필요에 의해 어울리는 것뿐이지 진정 어려울 때 도움을 줄 인간은 아무도 없음을 서로 잘 알고 있었다.

수현은 그런 생각이 들자 가슴 한편이 너무도 공허해졌다.

그러면서 공허한 마음 한편으로 자신이 할아버지 집으로 불려 가는 이 억지스런 상황에 짜증이 났고, 그 원인을 준 사촌동생에게도 짜증이 났다.

◆　　　◆　　　◆

"어서 오너라!"

수한은 누나인 수정과 함께 할아버지 댁으로 들어섰다.

진즉 찾아왔어야 하지만 친척들을 한꺼번에 보자는 생각에 친척들의 스케줄에 맞추다 보니 조금 시간이 걸렸다.

더욱이 수한은 친척이라고 하지만 한 번도 본 적이 없기에 솔직히 그렇게 가슴에 와 닿지 않았다.

수한의 전생에도 그렇지만 환생을 하고도 자신이 유괴를 당하기 전까지 친척을 본 적이 없다.

나중에 인터넷을 통해 한국의 가족에 대하여 읽어 보면서 자신의 상황과 많이 다름을 알고 처음에는 인터넷에서 찾은 정보가 잘못되었다고 생각을 했었다.

인터넷에 올라온 정보라고 해서 모두 정확한 정보는 아니다.

허구로 작성한 것도 있고 또 일부러 거짓 정보를 올려놓는 경우도 있기 때문이다.

수한에게 가족의 범위에 있는 이들은 사실 자신의 친부모인 정명수, 조미영 부부와 누나인 수정 그리고 의붓할아버지인 혜원과 의붓어머니인 최성희뿐이다.

그리고 조금 더 폭을 넓힌다면 자신이 힘을 얻기 전까지 자신과 의붓어머니인 최성희를 보호해 준 지킴이 회원들 정도일 것이다.

그런데 이렇게 수정을 따라 할아버지 댁이라고 찾아온 것은 누나인 수정이 그렇게 하길 원했기 때문이다.

친가인 천하그룹을 돕는 것과 이들을 만나는 것은 별개의 일이라 생각하는 수한이기에 처음 수정이 할아버지 정대한을 만나러 가자고 했을 때 참 많이 망설였다.

솔직히 천하그룹을 돕는 이유에는 자신의 혈족이란 이유에서가 아니라 이들이 힘들어진 원인이 자신의 원수인 일신그룹에 피해를 입었기 때문이다.

자신의 일로 피해를 입은 혈족에게 도움을 주기 위한 것 외에 더 이상 다른 이유가 없었다.

하지만 수정을 만나고 그녀의 이야기를 들으면서 조금은 마음을 열기로 했다.

비록 아직은 가족이란 느낌 보다는 누나가 원해서 만난다는 느낌이 강하지만 만난 뒤 어떻게 될지는 아직 미지수였다.

아무튼 수한은 수정의 뒤를 따르며 주변을 살펴보았다.

근처에 아차산이 있어 그런지 서울 안이지만 공기만은 깨끗해 그런지 그 안에 포함된 마나의 향기도 다른 지역에 비해 오염이 덜되어 기분이 한결 나아졌다.

"할아버지! 수정이 왔어요."

수정은 자신을 맞는 정대한 회장에게 뛰어가 안기며 자신이 왔음을 알렸다.

벌써 나이가 24살이나 되는 말만 한 처녀지만 할아버지 앞에선 천진한 소녀처럼 행동을 했다.

이 때문에 다른 손자들에게는 엄격한 정대한이지만 수정에게만은 언제나 자상한 할아버지였다.

물론 정 씨 집안에 모두 남자만 있고 딸은 수정이 유일했기에 더욱 그러하기도 했지만 말이다.

"이 녀석아! 무겁다."

"할아버지! 어떻게 숙녀에게 그런 심한 말을 할 수가 있어요."

수정은 정대한의 무겁다는 말에 정색을 하며 샐쭉 해서는 짐짓 토라진 듯 말을 하였다.

하지만 정대한은 그런 손녀를 보며 너털웃음을 하며 뒤에 있는 수한을 보았다.

"허허허, 그런데 네 뒤에 있는 아이가 수한이냐?"

정대한은 말을 하면서도 수한에게서 시선을 떼지 않았다.

언뜻 보기에도 수한의 얼굴에서 자신의 아들과 며느리의 얼굴이 보였다.

이미 수한의 유전자 검사 결과도 받아 보았기에 수한이 자신의 친손자가 맞는다는 것을 알고 초대를 했다.

하지만 그렇다고 생전처음 보는 관계라 핏줄이라고 하지만 그렇게 당기는 느낌은 없었다.

그리고 그건 수한 또한 마찬가지였다.

아니, 오히려 정대한 보다는 수한이 더욱 데면데면한 상태다.

그도 그럴 것이 아기일 때부터 이미 전생의 기억을 가지고 태어나다 보니 수한의 성격은 전생의 제로미스였던 때의 성격 그대로다.

다만 현생의 생부 생모인 정명수와 조미영이 지극정성으로 돌보던 6개월과 또 수한의 의붓어머니가 되어 수한을 부양했던 최성희의 희생으로 전생의 성격이 조금은 인간적으로 바뀌기는 했지만, 거의 대동소이한 정도의 차이를 보일 뿐이다.

그러다 보니 자신의 친할아버지를 보면서도 담담하게 마치 거리에서 지나가는 노인을 본 그 이상도 이하도 아닌 표정이었다.

그런 수한의 표정을 읽었는지 정대한의 표정이 좋지 못하게 바뀌었다.

한순간 분위기가 바뀜을 느낀 수정도 고개를 돌려 수한을 돌아보았다.

그리고 수한이 취하고 있는 모습을 본 수정은 수한을 보며 훈계를 했다.

"정수한! 할아버지를 봤음 인사를 드려야지!"

수정의 말에 수한은 조심스럽게 인사를 올렸다.

"처음 뵙겠습니다, 정수한입니다."

"그래, 어서 오너라! 고생이 많았다."

정대한은 수한의 인사에 떨떠름한 표정을 하였지만 곧 표정을 풀고 고생했다는 말을 하였다.

아기일 때 유괴가 되어 타인의 손에 크다 보니 가족에 대한 정이 많지 않을 것이라 생각하고 넘기기로 했다.

잠시 현관에서 작은 일이 있기 했지만 곧 식당으로 자리를 옮겼다.

식당에는 벌써 다른 친척들이 도착해 있었다.

"큰아빠! 큰엄마! 저 왔어요!"

수정은 식당 안에 자신의 큰아빠와 큰엄마가 보이자 인사를 했다.

정대한의 첫째 아들 내외와 둘째 아들 내외도 진작 도착해 모여 있었다.

"어서 오너라!"

"수정이 왔어! 이번 노래 좋더라!"

수정은 첫째 큰엄마가 자신의 노래를 칭찬하자 눈이 동그래지며 물었다.

"어머, 큰엄마도 저희 노래 들어요?"

"그럼! 나도 아이돌 노래 좋아한다."

큰엄마가 말을 하자 그녀의 말을 들은 그녀의 아들이 한숨을 쉬며 말을 했다.

"엄마! 제발 체통을 지키세요. 제가 엄마 때문에 얼마나 창피한지 아세요?"

"이놈의 자식이! 내가 어떤 노래를 듣든 그건 내 마음이야!"

서희는 자신의 큰아들이 자신의 노래 취향에 대하여 한소리 하자 그렇게 대답을 했다.

참으로 개방적인 생각을 가지고 있는 여인이었다.

모자의 대화를 수정의 뒤에 따르던 수한이 듣고 그렇게 생각을 했다.

보통 상류층의 어른들은 아이돌의 노래는 저급하다고 생각을 많이들 하고 있었다.

아니, 연예인들이 부르는 노래 자체를 그렇게 생각하는

경향이 강했다.

하지만 장서희는 그렇지 않았다.

음악이란 것은 고상함을 느끼기 위해 듣는 것이 아니라 그저 듣고 기분이 좋으면 되는 것이란 생각을 가지고 있었다.

슬플 때 위로가 되고 기쁠 때 더 행복을 주는 그런 것이면 된다는 생각에 음악 장르를 거르지 않고 두루 좋아했다.

그러다보니 수정도 그런 그녀를 무척 따르고 의지했다.

사실 수한이 유괴된 뒤 실종이 되면서 미영은 한때 정신을 놓았다.

몇 년이 지나 정신을 차리긴 했지만 그 기간 동안 딸인 수정은 엄마의 돌봄을 받지 못했다.

그때 수정을 안아 준 사람이 바로 정대한의 큰며느리인 장서희였다.

음악을 자주 듣는 그녀의 영향으로 수정도 그녀를 따라 자주 음악을 들었다.

수정이 가수가 된 데에는 그런 장서희의 영향도 있다고 할 수 있다.

아무튼 작은 소란이 있기는 했지만 정대한이 수정과 수한을 데리고 들어서자 곧 소란은 잠잠해졌다.

"수현이는 아직이냐?"

문득 자리에 앉던 정대한은 가족 모임에 둘째 아들의 장남인 수현의 모습이 보이지 않자 그렇게 물었다.

아버지의 물음에 수현의 아버지인 차남 정명환이 대답을 했다.

"좀 늦나 봅니다."

정명환은 현재 자신이 맡고 있는 사업이 계속해서 적자를 보고 있어 아버지를 보는 것이 여간 눈치가 보이는 게 아니었다.

"할아버지, 수현이에게 전화가 왔는데, 길이 막혀 좀 늦는다고 연락 왔어요."

수종은 얼른 끼어들어 변명을 해 주었다.

하지만 정대한의 표정은 풀어지지 않고 있었다.

며칠 전에 이미 통보를 했는데, 시간 맞춰 도착하지 않은 것에 화가 난 것이다.

사회생활을 하면서 약속시간 하나 지키지 못하는 것이 나중에 어떻게 기업을 운영할 것인지 기본이 되어 있지 않다는 생각도 들었다.

"다들 이미 알고 있겠지만 이 아이가 셋째의 잃어버린 아들이다. 최 비서를 통해 다 알아봤으니 모두 그렇게 알고 있도록 해라!"

간단한 말이지만 이 자리에 있는 이들이 받아들이는 것은 무척이나 큰 의미였다.

가문의 큰 어른인 정대한이 자신의 손자로 인정을 했다는 것은 상속권을 인정받았다는 말인 것이다.

물론 이 자리에 있는 이들 중 어느 누구도 정대한의 말에 토를 다는 사람은 없었다.

"늦었습니다."

정대한의 이야기가 끝나기 무섭게 아직 자리에 없던 정수현이 뒤늦게 도착을 해 인사를 하였다.

"앉아라!"

수현의 인사를 하였지만 다른 말도 없이 일단락되었다.

자신이 가족모임에 늦기는 했지만 조금은 차가운 할아버지의 말에 수현의 표정이 구겨졌다.

그러다 식탁에 한 번도 보지 못했던 얼굴이 보였다.

'저놈이 그놈이구나! 저 새끼 때문에…… 젠장!'

문득 자신이 이런 대접을 받는 것이 모두 수한의 잘못인 듯 수현은 잠시 자신의 자리로 가며 수한을 노려보았다.

그런 수현의 시선을 느낀 수한은 고개를 돌려 잠시 자신을 노려보는 수현을 보고 시선을 돌렸다.

솔직히 현재 수한에게 이 자리에 있는 사람 중 의미가 있는 사람은 자신의 누나인 수정뿐이다.

그리고 수정이 친근하게 대하는 큰어머니인 장서희에게

조금 관심이 있을 뿐, 다른 친척들에게는 털끝만큼의 의미가 없었다.

참으로 희한한 일이 아닐 수 없었다.

분명 누나를 만나고 할아버지가 자신을 보자고 했다는 말을 했을 때는 이렇게 담담하지 않았다.

뭔가 한 번도 경험하지 못한 생경한 것에 기대감마저 있었지만 문 앞에서 할아버지인 정대한을 만나고부터는 이렇듯 아무런 감정도 느낌도 없었다.

다만 수정이 친근하게 대하는 장서희만이 뭔가 느낌이 있었다.

아직까지 수한이 느낀 그것이 뭔지 몰라 머릿속에서만 생각을 정리하지만 조만간 그 느낌이 무엇인지 밝히리라 다짐했다.

7.
18년 만의 해후

친척 모임인데 식당 안은 무척이나 조용했다.

그 때문인지 수한은 오히려 이것이 더 심적으로 안정이
되었다.

한국에 돌아와 서울에서 집을 꾸리고 출근 준비를 하는
동안 한국 드라마를 보게 되었다.

그리고 수한이 본 드라마 중 자신의 상황과 같지는 않지
만 비슷한 내용의 드라마가 방송되는 것을 보고 관심을 가
지고 보게 되었다.

물론 자신의 누나인 수정이 그 드라마에 출연을 하기 때
문에 본 것은 아니었다.

아무튼 그런데 드라마를 보며 이해가 가지 않는 부분이

하나 있었다.

어렸을 때 잃어버렸던 아이를 찾은 것은 기뻐할 일이지만 다른 친척들까지 한 번도 본 적도 없으면서 그렇게 살갑게 구는 게 이해할 수가 없었다.

수정이야 아기일 때 기억이 있기에 누나가 자신을 만나 그렇게 서럽게 울던 것이 이해가 가지만 다른 친척들은 당시 수한이 한 번도 본 기억이 없었다.

그렇기에 드라마 속 내용이 이해가 가지 않는 것은 당연했다.

인간관계라는 것이 서로 부대끼며 슬픔과 기쁨을 함께하면서 형성이 되는 것인데 일방적인 감정의 전달이란 서로가 어색할 뿐이다.

그런데 지금 여긴 드라마에 비해 참으로 현실적이다.

그래서 수한이 받아들이기 한결 편안했다.

하지만 수한의 누나인 수정은 그렇지 못했다.

자신을 아껴 주는 할아버지와 큰아버지들 그리고 큰어머니들이 계신 자리인데 자신의 동생이 그들과 섞이지 못하고 마치 물과 기름처럼 겉돌고 있는 것이 못내 안타까웠다.

그런 수정의 마음을 눈치챈 것인지 장서희가 살며시 수정의 손을 잡아 주며 나직하니 귓속말을 해 주었다.

"너무 급하게 생각하지 마. 어색해서 그래."

"큰엄마, 고마워요."

자신을 위로해 주는 큰엄마의 말에 수정은 그렇게 안심을 하였다.

한편 수한은 친척들과 섞이지 못하는 자신의 모습 때문 불안해하는 수정의 모습에 한숨을 쉬었다.

'에휴, 처음 보는데 어쩌라고…….'

어색한 자신은 생각지 못하고 너무 급히 생각하는 수정으로 인해 갈등을 하였다.

하지만 수한은 자신의 성격을 잘 알고 있었다.

전생의 기억을 고스란히 가지고 있는 수한인지라 이 성격으로 전생과 현생을 합치면 장장 90년을 이 성격으로 살았다.

즉, 확고하게 성립된 성격은 자신의 친할아버지보다 더 단단하게 구성되었다고 봐야 한다.

수한은 수정에게 친척모임에 참석을 해야 한다는 통보를 받았을 때, 자신의 친척들에 대하여 검색을 했다.

자신의 할아버지에 대한 정보는 물론이고, 첫째 큰아버지와 큰어머니 그리고 사촌들, 둘째 큰아버지와 큰어머니 그리고 사촌들의 정보에 관해 빠짐없이 조사를 하였다.

자신의 가문이 오래된 가문이기는 하지만 의외로 혈족이 별로 없었다.

할아버지 이전에도 친척이라 부를 만한 혈족이 별로 없었다.

그 이유는 수한의 집안 어른들이 일제강점기에 독립운동에 뛰어들었기 때문이다.

많은 집안 어른들이 독립운동을 하며 돌아가셨고, 또 독립을 한 뒤에는 6.25 사변이라는 민족 최대의 비극적인 전쟁에 희생되었다.

당시 독립운동을 하였지만, 다른 독립운동을 한 분들과 다르게 상당한 재산이 집안에 남아 있어 공산당군에게 악덕 지주로 몰려 돌아가셨기 때문이다.

참으로 억울한 일이었지만 당시에는 어쩔 도리가 없었다.

공산당이 총을 들이밀고 협박을 하니 사람들도 어쩔 수 없이 반동으로 몰았다.

일제강점기와 6.25를 겪으며 많은 집안 어른들이 돌아가시고 수한의 집안에 소수로 명맥을 이어 가게 되었다.

그러다 보니 정 씨 집안은 그들끼리 뭉칠 수밖에 없었다.

이미 세상은 정 씨 집안에 관대하지 않았기 때문이다.

두 번의 고비를 넘기고도 또 다른 고난이 남아 있었기 때문이다.

군부독재가 시작된 것이다.

하지만 사람은 적응하는 존재라고 정 씨 집안은 독재에

잘 적응을 하였다.

어려운 시련을 겪다 보니 내성이 생긴 것이다.

너무 모난 것은 견제를 받는다는 것을 깨달은 수한의 증조부는 건설업에 뛰어들었다.

이미 땅만 가지고는 여기저기 땅을 빼앗기 위해 달려드는 하이에나들을 막아 낼 수가 없다는 것을 깨닫고 가지고 있는 땅을 잘 활용할 방법을 찾다 건설 회사를 설립하였는데, 당시 정부시책과 맞아떨어져 큰 성공을 하게 되었다.

그 과정에서 적당히 고개를 숙이는 법도 배우면서 많은 돈을 벌어들였다.

그리고 그렇게 돈의 힘을 다시 한 번 알게 된 증조부는 사업 영역을 확대하였다.

세월이 흘러 증조부는 할아버지에게 유산을 물려주고 할아버지는 증조부가 벌여 놓은 사업들을 더욱 키워 지금의 천하그룹을 만들었다.

이러한 정보는 수한도 가입한 지킴이에게서 나온 정보라 믿을 수 있었다.

사실 지킴이에서도 천하그룹을 알게 모르게 많은 도움을 주었다고 한다.

증조부에게 건설업을 하게 유도한 것도 당시 증조부의 지인이었던 지킴이가 조언을 한 것이고 또 사업을 따내게 도움을 준 것도 지킴이에 속한 이들이었다.

수한은 이런 사실을 알게 되면서 지킴이와 자신이 보통 인연은 아니란 생각을 했었다.

이런저런 생각을 하고 있을 때 정대한이 수한에게 말을 걸었다.

"이제 어떻게 할 것이냐? 호적을 다시 정리해야지."

정대한은 수한의 이야기를 듣고 현재 수한과 자신의 집안과는 별개의 존재로 되어 있음을 상기하며 호적 정정을 할 것을 말했다.

하지만 수한은 정대한의 생각에 반대였다.

"할아버지, 제 생각에는 아직 그건 미뤄 두는 것이 좋을 것 같습니다."

"미뤄 두다니? 어떻게 그런 일을 미뤄 둬!"

수한의 말에 정대한은 절대 그럴 수 없다는 말을 하였다.

그나마 혈족이 적은 정 씨 집안이다.

실종되었던 손자가 돌아왔는데, 호적을 정정하지 않고 어떻게 그냥 둘 수가 있겠는가?

"적에게 아직 제가 살아 있는 것을 알리고 싶지 않습니다."

수한은 일신그룹에 자신의 존재를 지금은 알리고 싶지 않았다.

GREAT
KOREA
그레이트 코리아

언젠가 그들도 자신을 알게 되겠지만 지금은 아니었다.

암도진창(暗渡陳倉)이라 했다.

그 말뜻은 아무도 모르게 진창을 건너라는 말로 남이 모르게 행동을 해야 성공을 한다는 뜻이다.

즉, 자신의 적인 일신그룹이 눈치채지 못하게 행동을 해야 그들에게 복수를 성공할 수 있다는 말뜻이었다.

현재 천하그룹은 전 방위적으로 일신그룹에 밀려 고초를 격고 있었다.

힘을 써 주던 아버지도 캄보디아 대사로 사실상 좌천되어 외국으로 나갔다.

이런 상태가 계속된다면 아무리 천하그룹이라도 고사하고 말 것이다.

그러니 자신은 겉으로 드러나지 않게 일을 진행해야 한다.

"전 아직도 기억하고 있습니다. 절 납치해 끌려간 곳에서 행해진 실험들을 말입니다. 자신의 이익을 위해 어린아이들을 납치해 세뇌를 시키던 것을 전 도저히 용서할 수가 없습니다."

수한의 자신이 납치되었을 때의 이야기를 하자 정대한은 물론이고 수한의 이야기를 들은 친척들은 모두 깜짝 놀랐다.

당시 아이들이 납치되어 일신학원에 있었던 것은 그들도 들어 알고 있었다.

하지만 일신그룹에서 그렇게 납치된 아이들을 세뇌하고 있었을 것이라고는 상상도 못했다.

그런데 뒤이어 한 말에 더 이상 할 말을 잃고 말았다.

"일신그룹은 한국에서 그곳만 운영하던 것이 아닙니다. 그와 비슷한 곳이 전국에 두 곳이 더 있었습니다. 물론 제가 있던 곳이 가장 중요한 데이기는 하지만요."

수한의 이야기는 무척이나 심각한 이야기였다.

수정이나 사촌들은 잘 이해를 하지 못했지만 정대한이나 수한의 큰아버지들은 그게 얼마나 심각한 이야기인지 알았다.

수한은 자신의 말에 놀라고 있는 이들에게 자신이 알고 있는 일신그룹에 관한 이야기를 조금 들려주었다.

"일신그룹의 정체는 바로 일본의 비밀조직에서 대한민국을 경재식민지로 만들기 위해 내세운 괴뢰입니다."

"뭐라고?"

"그게 정말이냐?"

"세상에!"

수한의 이야기를 들은 사람들은 너나 할 것 없이 경악을 금치 못했다.

사람들이 놀라거나 말거나 자신이 알고 있는 정보를 술술 풀어내며 자신이 아직 전면에 나서면 안 되는 이유를 말했다.

　"뿐만 아니라 일본의 조직이 한국에 심은 괴뢰들은 비단 일신그룹만이 아닙니다. 부산의 영세그룹, 전라도의 경제를 좌지우지하는 호성기업 등 찾아보면 꽤 많은 기업들이 자의 또는 자신도 모르는 사이 그들의 자본에 잠식되어 대한민국을 경재식민지화 하는 작업에 뛰어들었습니다. 지금 이 시간에도 그 일은 진행이 되고 있습니다."

　너무도 놀라운 이야기를 듣다 보니 정대한이나 수한의 큰아버지들도 아무 말도 하지 못했다.

　'말도 안 돼!'

　참으로 말도 되지 않는 소리였지만 믿지 않을 수도 없었다.

　현재 일신그룹이나 방금 전 수한이 이야기한 기업들의 면면을 들여다보면 그들이 친일성향의 기업이란 것을 알 수 있었다.

　일반인들도 그런데 대한민국의 상류사회의 일원인 천하그룹의 오너 일가인 이들이 그런 정보를 알지 못한다는 것이 말도 되지 않는다.

　다만 너무도 엄청난 일이기에 쉽게 믿을 수도 없는 것이다.

그동안 그들이 하는 행동들이 그저 일본과의 무역관계 때문에 그런다 생각했는데 그게 아니란 수한의 말에 입을 다물 수가 없었다.

"그럼 앞으로 어떻게 하겠다는 것이냐?"

할아버지의 말에 수한은 자신의 계획을 말했다.

"현재로써는 일단 제 병역 문제부터 해결할 것입니다."

"병역?"

"예, 대한민국 국민의 한 사람으로서 국방의 의무는 꼭 해결해야 합니다."

수한이 느닷없이 국방의 의무를 말하자 옆자리에 있던 수정이 놀란 눈으로 말을 했다.

"굳이 그럴 필요가 있어?"

요즘 한창 군대에 관한 비리와 사고가 끊임없이 뉴스를 장식하고 있는데 18년 만에 돌아온 동생이 다시 위험한 곳으로 떠난다는 말에 불안해 그런 말을 했다.

하지만 수한도 계획이 있기에 누나를 보며 그녀를 안심시켜 주었다.

"걱정하지 마! 내가 굳이 일반 병으로 입대를 하는 것은 국가적 낭비야!"

"응? 그건 또 무슨 소리야?"

국방의 의무를 하겠다고 방금 전 자신의 입으로 말을 했으면서 또 자신이 일반 사병으로 입대를 하는 것은 국가적 낭비라는 알쏭달쏭한 말로 헛갈리게 하였다.

"내가 전에 말했지, 나 미국에서 박사 학위를 받고 돌아왔다고."

"응."

수한은 자신이 전에 방송국에 찾아가 수정을 만났을 때 했던 이야기를 말을 하고 그에 수정은 수긍을 하였다.

그런 수정의 모습에 할아버지인 정대한을 뺀 다른 친척들은 모두 놀라워했다.

정대한이야 이미 조사를 하였기에 알고 있었지만 다른 사람들은 아직까지 수한이 어떤 생활을 하였고, 또 어떤 학력을 가지고 있는지 알지 못했다.

그저 정 씨 집안의 큰 어른인 정대한이 불렀기에 이 자리에 불려 왔을 뿐이다.

"날 후원해 주시던 분들 중 방위산업체를 운영하시는 분이 계셔. 그래서 그분의 회사에서 전문연구원으로 근무하기로 했어!"

"전문연구원? 그게 뭔데?"

수한이 전문연구원으로 일을 한다고 하자 그게 무엇인지 물었다.

이에 수한은 수정에게 전문연구원이 무엇인지 설명을 해

주었다.

"그럼 네 말은 군대에 가는 대신 그 연구원인가로 대신 일을 한다는 말이지?"

"그래, 그러니 너무 걱정하지 마."

"다행이다. 난 또 네가 군대에 간다고 해서 요즘 뉴스에 나오는 것처럼 폭행을 당하는 것은 아닌지 걱정했잖아!"

수정은 정말로 그것이 걱정이었다.

요즘 뉴스를 보면 하루걸러 한 번식 군대 내 구타사고라든가, 자살사례가 등이 뉴스에 나왔다.

그러다 보니 수정이 걱정을 하지 않을 수가 없었던 것이다.

다른 대기업 자식들이나 자신이 속해 있는 연예계 스타들이 군대를 빼기 위해 하는 불법적인 행동들이 괜히 그런 것만은 아니란 생각에 수한도 그렇게 빠졌으면 하는 생각까지 했었다.

막말로 자신의 집안인 천하그룹 정도 되면 그럴 힘은 충분히 있을 것이라 생각했다.

그리고 자신의 사촌인 정수종이나 수현도 면제 판정을 받았었다.

그러니 수한도 그렇게 빠질 수 있지 않을까? 하는 생각에 말을 했던 것인데 수한의 이야기를 들어 보니 별 걱정하지 않아도 될 듯싶었다.

"병역을 마치는 것은 아주 중요해! 내 계획에는 이 모든 것이 다 포함이 되어 있어. 내 계획은 5년, 10년 정도의 짧은 계획이 아니라 내가 평생을 걸고 이룩해야 할 장기적인 계획이야. 그리고 내가 이룩하지 못하면 내 자식에게까지 대물림 되어 내려갈 사명이기도 해."

수정은 갑작스런 수한의 말에 눈만 깜박였다.

뭔가 거창한 것 같은데 누나로서 응원 보다는 왠지 걱정이 더 앞섰다.

'허허, 그저 천재라고만 보고를 받았는데, 천재가 아니라 용이구나, 용!'

정대한은 비서실장의 수한에 대한 보고를 받고 그저 공부 잘하고 머리 똑똑한 천재라 생각했다.

나중에 회사로 불러들였을 때, 큰 도움이 되겠다는 생각을 가지고 있었는데, 지금 이야기하는 것을 보니 자신의 판단이 너무 일렀다는 것을 깨달았다.

그저 단순한 천재 정도가 아니라 옛 어른들이 말씀하시는 용이었다.

"알겠다. 네 이야기 잘 들었다. 그럼 3년 동안 그 회사에서 연구원으로 대체 복무를 한 뒤에는 어떻게 할 것이냐? 그때도 밖에서 활동을 할 것이냐?"

정대한은 아직 수한의 계획을 듣지 못했기에 대체 복무가 끝나는 3년 뒤에도 다른 회사에서 일을 할 것인지 물었다.

"일단 상황을 봐야 하겠지만 그때가 되면 조금 더 큰 회사로 이직을 해야 할 것 같아요. 현재 우리나라는 주변에 너무도 강력한 군사 강대국들에 둘러싸여 있어 기를 펴지 못하고 있어요. 이게 다 힘이 부족해서 그런 것이라 생각해요."

수한은 현재 대한민국이 매년 겪는 일본의 도발이나 북한의 도발에 수동적인 것이 마음에 들지 않아 그런 이야기를 꺼냈다.

그리고 자신의 집안 어른들이 독립운동을 했다는 것에 자부심이 강한 정대한이나 그의 아들들도 수한의 이야기에 관심을 보이기 시작했다.

사실 정대한도 그런 생각 때문에 방위산업체를 만들어 운영을 하는 것이다.

3공화국 당시 대통령의 자주국방이란 기치아래 정대한의 아버지도 적극적으로 정부에 협력해 국방에 관한 산업을 육성했다.

하지만 기술 부족으로 많은 어려움을 겪었다.

기술을 가져오기 위해 외국에서 많은 가문의 가신들이 희생이 되었지만 포기하지 않고 감내한 덕분에 지금의 천하 디펜스와 천하 화학을 키울 수 있었다.

만약 그런 생각이 없고 그저 돈만 벌려고만 했다면 굳이 지금까지 두 회사를 가지고 있을 필요가 없었다.

예전에야 방위산업체가 돈이 되는 사업이었지만 현재에는 그저 애물단지에 불과했다.

물론 아직도 군사장비는 성능에 비해 고가의 장비다.

하지만 그게 고가라 하여도 소비가 많은 품목이 아니다 보니 지금에 들어서 방위산업체라는 것은 돈은 별로 못 벌면서 욕먹기 딱 좋은 사업이다.

더군다나 방위산업이라는 것이 비리도 많아 뜯어먹기 위해 달려드는 하이에나들도 많았다.

흔히 군납비리라는 것은 모두 이런 이유에서 벌어지는 일이다.

구입처는 군대 하나뿐이다.

그러니 그들에게 잘 보여야 물건을 팔 수 있으니 그들의 요구하는 것을 들어주지 않을 수가 없었다.

자신이 아니라도 물건을 팔 사람은 또 있으니 어쩔 수 없이 울며 겨자 먹기로 그들이 요구하는 돈을 줄 수밖에 없다.

그러면 또 물건값이 오르고 국정감사에서 성능에 비해 가격이 비싸다 욕먹고 시중의 발전된 물건과 전쟁용 물자를 비교하며 중간과정과 사용처는 생각지도 않고 가격만 가지고 욕을 한다.

이러니 머리가 깨인 오너들은 진즉에 돈도 별로 되지 않고 욕만 먹는 방위산업에서 손을 떼고 있다.

다만 중요한 방위산업 가운데 대기업이 아니면 안 되는 것도 있었는데, 돈이 안 된다고 그만둘 수도 없는 그런 일이 있다.

천하 디펜스가 바로 그것이다.

천하 디펜스는 주로 미사일을 연구생산하는 기업으로 국내 유일의 유도미사일 생산업체이다.

하지만 다른 선진국의 유도미사일 생산업체보다 기술이 떨어져 해외에는 팔지를 못하고 있다.

국내에서도 천하 디펜스가 생산하는 유도미사일의 구입 수량은 얼마 되지 않고 있었다.

그저 미국에서 들여오는 미사일이 고가라 수시로 발사훈련을 할 수가 없다.

한 발에 수십억 원이나 하는 미사일을 함부로 소모할 수도 없는 일 아니겠는가?

그래서 미국에서 들여온 미사일 보다 비교적 저렴한 천하 디펜스에서 생산한 미사일을 훈련 때 발사하며 전시 작전

훈련을 하였다.

이렇다 보니 사실상 천하 디펜스는 미사일 부대의 교보제 생산업체처럼 인식되고 있었다.

정대한은 수한이 미국에서 전공한 것이 화학은 물론이고 물리, 전자에까지 두루 학위를 취득했다는 것을 알고 있었다.

그래서 대체 복무가 끝나는 3년 뒤 어떻게 할 것인지 물은 것이다.

갈수록 적자가 심해지는 천하 디펜스를 조금 더 안정적으로 키워 보고 싶었기 때문이다.

해마다 해외에서 들여오는 미사일의 절반만 천하 디펜스에서 커버를 한다고 해도 엄청난 수익을 보장받을 수 있었다.

그러니 혹시나 하는 심정으로 물어본 것이다.

"룰룰룰!"

조미영은 간만에 콧노래를 부르며 요리를 하고 있었다.

일어나 침실을 나서던 정명수는 그런 부인의 모습에 깜짝 놀랐다.

"오늘 무슨 날이야?"

아침부터 기분이 들떠 있는 조미영의 모습이 신기한 때문이다.

더욱이 집에는 캄보디아인 사용인이 있어 아침은 그들이 준비는 하는데, 오늘은 조미영이 나서서 부엌을 장악하고 있어 놀랐다.

"오늘 수한이가 온다잖아요."

"아! 맞아! 오늘이지."

조미영은 남편의 물음에 자신이 아침부터 분주하게 요리를 하는 이유를 설명했다.

그런 미영의 설명에 정명수도 그제야 생각이 났는지 감탄사를 흘렸다.

"어쩜 아빠가 되어서 18년 만에 돌아오는 아들이 오는 날을 까먹을 수가 있어요."

"미안해! 요즘 좀 신경 쓸 일이 있어서 말이야!"

"아니 우리 아들이 오는 일 말고 당신이 신경 쓸 일이 또 있어요?

"그게 말이지…….."

정명수는 조미영의 채근에 요즘 대사관에 일고 있는 신경 쓰이는 일에 관해 설명을 했다.

북한 인원에 대한 일을 하는 선교사 한 명이 요즘 북한을 탈출한 탈북민을 이곳 캄보디아에 데려왔다는 정보를 입수했다는 이야기였다.

정보를 입수하지 않았으면 모르겠지만 일단 그런 정보를 취득하였으니 캄보디아 주재 대사관인 그로서는 그 일을 신경 쓰지 않을 수가 없다는 이야기다.

"그럼 당신은 어떻게 하려고요?"

"어쩌긴, 요청이 들어오면 도움을 줘야지."

"괜찮을까요?"

조미영은 남편이 탈북자들을 돕겠다는 말을 하자 심적으로 뿌듯하면서도 좀 불안했다.

남편을 따라 여러 나라를 다니며 많은 것을 경험하였지만 북한 고위층들의 하는 행동들은 도저히 봐 줄 수가 없었다.

그들의 막무가내 행동들은 외교가에서 무척이나 말들이 많았다.

다른 나라 사람들에게 손가락질을 당하면서도 그들은 아무렇지 않게 탈북자들을 사람들이 보는 앞에서 끌고 가는 것을 보면 참 안 되었다는 생각이 들 때가 한두 번이 아니었다.

특히나 못 먹어 깡마른 어린 아이들이나 임산부들을 끌고 가는 것을 보며 무슨 짐승을 도살장에 끌고 가듯 데려갔다.

하지만 그런 모습을 보면서도 도움을 줄 수 없는 현실이 너무도 안타까웠는데, 남편이 탈북자를 돕겠다는 말을 하자 뿌듯한 생각이 들었다.

"조심해요."

"알았어. 그건 너무 신경 쓰지 마."

정명수는 너무 그 일에 신경 쓰지 말라는 말을 하고 세면장으로 들어갔다.

샤워를 하고 식탁에 앉아 아침을 먹은 정명수는 출근을 하였다.

"조심히 다녀오고, 오후 5시에 도착을 한다고 하니 오늘은 조금 일찍 들어와요."

"OK! 오늘은 무슨 일이 있어도 일찍 들어올게!"

쪽!

벌써 나이가 쉰이 넘은 두 사람이지만 아직도 신혼인지 현관에서 출근을 하는 남편을 배웅을 하고 또 배웅을 받으며 키스를 하였다.

◈　　◈　　◈

남편을 출근시킨 조미영은 어젯밤부터 흥분해 잠을 이루지 못했지만 전혀 피곤한 감을 느끼지 못했다.

그런 조미영의 모습에 집안일을 도와주는 가정부가 그 이유를 물었다.

"사모님! 무슨 기쁜 일 있어요?"

"응, 오늘 아들이 온데!"

"아드님이요?"

"그래, 18년 전에 잃어버린 아들이 무사히 돌아와서 우리 보기 위해 온데!"

조미영은 말을 하면서 너무도 보고 싶던 아들이 자신들을 보기 위해 이곳에 온다는 말을 하며 울었다.

말을 하고 나니 너무도 가슴이 북받쳐 눈물을 참을 수가 없었던 것이다.

그동안 이런 모습을 보이지 않기 위해 얼마나 노력을 했던가?

아들을 데리고 백화점에 갔다가 잃어버린 후 그 비통함이란 말로 표현할 수가 없었다.

어떻게 엄마로서 아들을 그것도 생후 6개월뿐이 되지 않은 아들을 잃어버릴 수 있는가 말이다.

조미영은 그때 조금 힘들더라도 아들을 같이 화장실에 데리고 들어갔었더라면 하는 생각이 지금까지 끊이지 않았다.

밤에 눈만 감으면 그때 일이 잊히지 않았다.

자신을 보며 웃던 아들이 어느 순간 형체를 알 수 없는 이에게 납치가 되어 울면서 자신을 찾는 모습에 울면서 잠을 깨곤 했다.

아들을 잃어버리고 18년 동안 하루하루가 조미영에게 고문이었다.

비가 오는 날이면 어느 하늘 아래서 비는 맞지 않는지, 눈이 오면 아들이 춥지는 않은지 그것이 걱정이었다.

날씨가 좋아도 그것은 그것대로 걱정이고 수한의 생일이나 어린이나 그리고 12월 25일 크리스마스면 조미영은 문밖을 나갈 수가 없었다.

그리고 아들의 생일과 수한이 유괴당한 날이면 유독 더욱 그랬다.

온몸에 힘이 빠지고 죽을 것만 같은 나락으로 떨어지는 느낌이었다.

그런데 유괴되었던 아들이 무사히 그것도 미국에 있는 유명 사립대에서 박사 학위를 따고 돌아왔다는 것이다.

이런 이야기를 들은 가정부는 울고 있는 조미영에게 자신이 가지고 있던 손수건을 건네며 그녀를 위로했다.

"어머! 사모님, 축하드려요. 너무도 다행이에요."

진심에서 우러나는 가정부의 축하에 조미영도 입가에 미소를 머금었다.

하지만 방금 전까지 펑펑 울었던 터라 퉁퉁 부은 그녀의 두 눈은 그것을 보고 있는 가정부에게 웃음을 유발했다.

"호호호, 사모님 어서 씻으셔야겠어요. 몇 시간 뒤에 그렇게 보고 싶던 아드님이 오신다는데, 개구리눈을 하시고 맞으실 것이에요?"

가정부의 말에 조미영은 단발마의 비명을 지르고 방으로 들어갔다.

"어머!"

아닌 것이 아니라 자신도 두 눈이 퉁퉁 부었다는 것을 느낀 것이다.

그런 조미영의 뒤로 가정부는 미소를 지었다.

캄보디아는 11월부터 내년 4월까지 건기에 들어간다.

대한민국은 11월이면 찬바람이 불고 일교차가 심해 긴팔 옷과 두꺼운 옷들을 입을 시기이지만, 캄보디아는 11월이라도 평균 기온 30도를 넘어가는 더운 날씨다.

수한은 캄보디아의 수도 프놈펜에 도착해 주변의 풍경에 자신이 외국에 나온 것을 다시 한 번 인식할 수 있었다.

공항을 나온 수한은 잠시 주변 풍경을 살피다 지나가는 택시를 잡았다.

그리고 누나가 알려 준 주소를 택시 기사에게 알려 주었다.

그런데 택시 시가는 수한의 말을 듣고 깜짝 놀랐다.

그건 딱 봐도 외국인으로 보이는 수한이 크메르어를 너무도 유창하게 말을 했기 때문이다.

"어디서 오셨습니까?"

"네, 한국에서 왔습니다."

"아 그래요. 그런데 우리말을 무척이나 잘하시네요."

택시기사는 물어보며 칭찬을 했다.

"하하, 감사합니다."

자신의 말을 칭찬하는 택시기사에게 감사의 말을 하였다.

7클래스 대마법사인 그에게 외국어를 익히는 것은 무척이나 쉬운 일이었다.

굳이 통역마법인 트렌스레이션(Translation)마법을 사용하지 않아도 몇 시간만 사전을 보고 회화를 들으면 쉽게 익힐 수 있었다.

인천에서 캄보디아 프놈펜까지 5시간 정도 걸렸는데, 그 시간이면 캄보디아 언어인 크메르어를 배우는 데 충분했다.

택시기사의 질문에 간간히 답을 해 주며 창밖을 보는 수한의 눈에는 사실 풍경이 눈에 들어오지 않았다.

그저 조금 뒤 만나게 될 엄마의 얼굴이 프놈펜의 풍경과 겹쳐 보일 뿐이다.

창밖으로 시선을 주고 있는 수한의 모습에 조금 전까지 수한에게 말을 걸던 택시기사는 조용히 수한의 사색을 방해하지 않고 목적지를 향해 운전을 하였다.

얼마를 달렸을까.

창밖으로 저 멀리 한국 대사관이 보이고 조금 떨어진 곳에 대사관 관저가 보였다.

수한은 택시에서 내려 대사관 관저를 향해 걸어가기 시작했다.

두근두근!

목적지가 가까울수록 수한의 심장은 무척이나 가쁘게 뛰기 시작했다.

수한이 아무리 7클래스의 대마법사이며 또 혜원에게 배운 무술 실력이 대단하다고 해도 지금 급하게 뛰는 심장은 통제할 수가 없었다.

사실 7클래스 대마도사 정도면 불수의근(不隨意筋)이라 불리는 심장도 충분히 의지로 조절할 수 있었다.

하지만 지금은 도저히 통제할 수가 없었다.

그건 그만큼 수한이 흥분하고 있다는 반증이었다.

사실 수한도 지금 자신의 심장이 이렇게 흥분하고 있는 것이 새삼스러웠다.

한 번도 느껴 보지 못한 이런 감정을 생소하지만 그렇다고 싶지 않았다.

전생에서는 맛보지 못했던 색다른 감각들을 환생을 하며 느꼈다.

'환생하길 참 잘했다. 신이시여 감사합니다.'

마법사로서 신을 믿는 것은 아니지만 이케아에서 신이 있다는 것은 알고 있었다.

그렇기에 현재 자신을 환생하게 해 준 어떤 신에게 감사하는 중이다.

물론 대마법사라고 하지만 이케아의 신과 이곳의 신이 같은지는 수한도 모르는 일이다.

그리고 이곳에 신이 있는지도 알 수는 없었다.

수한이 본 이곳의 신학을 적어 놓은 책과 관련 서적에는 신이 현존하지 않고, 그저 믿음의 존재일 뿐이라 말하고 있지만, 아무튼 대마법사로서 느껴 보지 못한 삶의 기쁨을 느낄 수 있게 해 준 어떤 존재에게 감사했다.

천천히 관사 입구로 접근한 수한은 입구 앞에 서서 심호흡을 하였다.

"후하!"

수한은 떨리는 마음에 선뜻 초인종을 누를 수가 없었다.

한편 수한이 도착하기를 기다리던 조미영도 집 안에서 자꾸만 시계를 쳐다보았다.

째깍째깍!

시계의 시침이 돌아가는 소리가 무척이나 요란하게 들려왔다.

하지만 그것은 순전히 조미영의 심정을 반영한 그녀만 느낄 수 있는 소리였다.

왔다 갔다.

조미영은 시침이 5시에 가까워질수록 마음이 급해졌다.

"도착할 시간이 되었는데!"

띵동!

초인종 소리가 울리자 조미영은 급하게 입구로 뛰어갔다.

"누구세요?"

"나야."

"아!"

초인종 소리에 급하게 달려가 물었는데, 기대했던 아들이 아닌 남편의 목소리가 들렸다.

그 때문에 실망한 투의 한숨이 터져 나왔다.

문이 열리고 정명수가 들어오며 그런 조미영을 보았다.

그녀의 표정이 별로 밝지 않은 것을 보고 짐작했다.

"수한인 아직 도착하지 않은 것이오?"

"네, 도착할 시간이 되었으니 곧 오겠죠."

비록 기대했던 아들은 아니지만 남편의 물음에 대답을 하였다.

자신도 아들을 기다렸지만 남편 또한 아들을 무척이나 기다리고 있었다는 것을 잘 알고 있는 그녀인지라 조금 전 실망한 기색을 했던 것이 못내 미안했다.

"그런데 조금 전 나 정말 실망이야."

"네?"

"아무리 아들이 그렇게 보고 싶다고 하지만 그래도 난 당신 남편인데 너무했어."

정명수는 엄살을 피우며 조금 전 문 앞에서 조미영의 실망한 표정에 대하여 농담을 건넸다.

"죄송해요. 그래도 매일 봤던 당신 보다는 그래도 18년 만에 보는 아들이 더 기다려지지 않겠어요?"

남편이 지금 자신에게 농담을 하고 있다는 것을 깨달은 조미영은 얼굴을 붉히며 남편의 농담을 받아쳤다.

그런 조미영의 모습에 정명수는 눈이 동그랗게 커졌다.

수한이 유괴를 당하고 난 뒤 한 번도 농담이란 것을 하지 않던 조미영이 자신에게 방금 전 농담을 건넨 것이다.

"허허허!"

정명수는 너무도 기가 막힌 상황에 저절로 헛웃음이 터졌다.

그동안 무언가 아무리 기쁜 날이나 상황에도 뭔가 씁쓸한 미소만 짓던 아내가 아들이 유괴되기 전 본모습으로 돌아간 것 같아 무척이나 기뻤다.

그러는 한편 혹시나 오늘 온다는 수한이 혹시나 무슨 사고라도 나서 늦는 것은 아닌지 걱정이 되었다.

아들도 아들이지만 지금 잔뜩 기대에 차 있는 아내가 실망할까 그것이 걱정이다.

사실 지금 정명수가 걱정을 하고 있는 것도 기우에 불과한 것이지만 좋은 일에는 마가 낀다고 괜한 걱정이 되었다.

띵동!

이때 초인종 소리가 울렸다.

"왔나 보군!"

"왔나 봐요."

"어서 문 열어 봐!"

"알았어요."

사실 정명수도 아내 미영 못지않게 아들이 기다려졌다.

사실 퇴근 시간도 아닌데 이렇게 일찍 집에 온 것도 혹시나 자신이 집에 도착하기 전 수한이 먼저 들어오면 어쩌나 하는 이유 때문이었다.

18년 만에 돌아오는 아들을 비록 고국의 집은 아니지만 현재 자신이 살고 있는 집에서 맞이하고 싶은 생각에, 아직 일과가 남아 있었지만 일은 잠시 밀어 두고 먼저 퇴근을 하였다.

조미영이 남편의 부추김에 조심스럽게 현관으로 다가가 물었다.

"누구…… 세요?"

무척이나 떨리는 목소리였지만 조미영은 그것을 인지하지 못하였다.

"엄마!"

떨리는 목소리로 밖에 찾아온 사람이 누구인지 물었던 조미영의 물음이 끝나기 무섭게 밖에서 소리가 들렸다.

"엄마, 저 수한이에요."

문 앞에서 망설이고 있던 수한이 용기를 내 초인종을 눌렀다.

초인종 소리가 끝나기 무섭게 안에서 한국말이 나오자 수한은 눈에서 눈물이 흘렀다.

덜컹!

수한의 말이 끝나기 무섭게 문이 열렸다.

그리고 안에서 중년의 미 부인이 나오며 수한을 하염없이 쳐다보았다.

벌써 두 눈에 눈물이 고여 앞이 제대로 보이지 않았지만, 흐릿한 눈에 비치는 미 부인의 모습에서 본능적으로 느껴졌다.

"엄마!"

"우리 아들! 어디 갔다 왔어!"

수한이 자신의 앞에 있는 미영을 안자, 미영도 그런 수한을 마주 안았다.

그리고 미영의 뒤에 있던 정명수 또한 밖으로 나와 포옹을 하고 있는 두 사람을 포개 안았다.

"아버지!"

수한은 자신과 엄마를 함께 앉는 사람이 누구인지 알 수 있었다.

예전 아기 때의 기억 속에 있는 아빠의 얼굴이었다.

하지만 나이를 먹다 보니 아빠라고 하는 것이 어색해 아버지라 불렀다.

정명수는 아들이 미영에게는 엄마라고 하면서 자신에게는 조금 멀게 아버지라 부르는 것이 불만이었으나 지금은 아무래도 좋았다.

갓난아기 때 유괴를 당했던 아들이 무사히 돌아왔기 때문이다.

그냐 대충 봐도 자신보다도 키도 크고 당당한 모습이 참으로 건강해 보였다.

8.
캄보디아에서 생긴 일

대사관 관저 거실, 이른 저녁을 먹고 모여 앉은 세 사람.

한동안 이들은 아무런 말을 하지 않고 그저 서로의 얼굴을 쳐다보았다.

그렇게 한참 동안 얼굴을 쳐다보던 정명수와 조미영 그리고 수한 그러던 어느 순간 미영의 눈에 다시 눈물이 고이기 시작했다.

"우리 아들 얼마나 고생 많았니…… 엄마가 미안해! 그 날……."

미영이 다시 유괴 당한 그때의 이야기를 꺼내자 수한은 얼른 미영의 눈물을 닦아 주며 위로를 하였다.

"엄마, 그 일로 너무 슬퍼하지 마. 난 엄마가 생각하는 것 보다 그렇게 고생하지 않았어."

수한은 미영이 너무도 자신에게 미안해하는 것을 알고 위로했다.

수정을 만나 이미 지난 이야기를 모두 들었기에 그동안 엄마가 어떤 마음으로 살아왔는지 너무도 잘 알고 있었다.

그리고 사실 지금 보다 더 빨리 가족을 찾을 수 있었지만 그러지 못한 자신의 잘못도 있기에 얼른 미영이 울면서 자신에게 사과를 하는 것을 막았다.

"사실 지금에 온 것은 제 잘못도 있어요."

"네 잘못? 그게 무슨 소리야?"

그냥 두었다가는 아내가 또 아까처럼 대성통곡을 할 것 같아 정명수가 나서서 수한의 말을 받았다.

그도 수한이 한 이야기가 궁금했기 때문이다.

"그게, 나 엄마하고 아빠가 누구고, 또 할아버지가 누구인지 다 알고 있었어요."

수한은 저녁을 먹으면서 정명수의 부탁대로 아버지에서 아빠라 부르기 시작했다.

아기일 때도 아빠라는 말을 몇 번 듣지 못했다는 정명수의 말에 수긍을 한 것이다.

하지만 아직도 아빠라는 말은 조금 어색해 몸에 벌레가 기어가는 듯한 느낌이었다.

그렇지만 자신이 아빠라고 불러 줄 때마다 감동하는 정명수의 모습에 그 정도는 참을 만했다.

"다 알고 있었으면서 왜 연락 안 한 거야? 엄마가 얼마나 걱정했는지 알아?"

미영은 아들이 이미 알고 있으면서 연락 한 번 안 했다는 말에 너무 섭섭해 작은 투정을 하였다.

그런 엄마의 모습에 수한은 자신이 연락을 하지 못한 이유를 설명했다.

이미 할아버지 댁에 친척모임을 가졌을 때 한 번 이야기했던 것을 다시 한 번 부모님께 들려주었다.

수한의 이야기를 들은 명수나 미영의 눈에 일신그룹에 대한 분노가 가득했다.

그리고 수한이 지킴이란 비밀단체에 가입을 하였고, 그들과 무척이나 긴밀한 관계를 가지고 있음을 깨닫게 되었다.

물론 수한은 지킴이에 대하여 그저 자신이 아기일 때부터 도움을 받았고, 그 보답으로 가입을 했다 대충 이야기를 하였지만, 정명수나 조미영이 사회생활을 한 시간이 얼마고 또 정명수의 직업이 외교관이지 않은가.

"할아버지께도 말씀드렸지만 전 당분간 따로 떨어져 지금의 신분을 유지한 채 생활할게요."

"꼭 그렇게 해야 하겠니?"

"네, 꼭 필요한 일이에요. 저들을 방심하게 하기 위해선 어쩔 도리가 없어요. 저들은 이미 우리 사회에 뿌리 깊게 파고들어 웬만큼 해서는 뿌리 뽑을 수 없어요."

수한의 이야기에 정명수도 뭔가를 알고 있는 듯 고개를 끄덕였다.

자신도 한 인맥 한다고 생각을 하였는데, 캄보디아 대사로 좌천이 되지 않았는가.

원래라면 좀 더 중요한 나라의 대사로 발령이 되었을 것인데 자신은 외국에 파견을 나가면서 계속해서 동남아시아 쪽으로만 배치되고 있었다.

이 말은 누군가 자신을 중요한 위치로 이동하는 것을 막고 있다는 소리다.

원래 외국 대사로 파견을 나갈 때면 강, 약을 조절해 중요한 나라에 파견을 갔으면 다음 부임지는 조금 중요도가 떨어지는 곳 이렇게 순환을 하며 파견을 나간다.

하다못해 자신은 유럽에 한 번도 대사로 나가 보지 못했다.

외무부 업무를 알고 있는 사람이라면 절대로 정상적인 상황이라 생각지 않을 부임지 배치였다.

그렇기에 정명수는 수한이 지금 하려는 이야기의 의도를 깨달았다.

자신이 이렇게 한직으로만 돌고 있는 것이 누구의 장난인지 깨달은 것이다.

"알았다. 네 생각이 그렇다면 내 더 이상 이야기 하지 않을게. 그럼 네가 어떻게 커 왔는지 이야기해 봐."

미영은 아기일 때부터 한 고집하던 수한의 성격을 기억하기에 더 이상 문제를 거론하지 않고 성장 과정을 듣고 싶어 했다.

그런 미영의 질문에 정명수도 궁금하다는 듯 두 눈을 반짝였다.

"그래, 어서 그 이야기나 해 봐라!"

이렇게 시작된 수한의 성장기는 밤늦게 거실 불이 꺼질 때까지 계속되었다.

"다녀오세요."

"여보 다녀오세요."

아침 출근을 하는 정명수를 배웅하는 수한과 조미영이었다.

오랜만에 정상적인 정 씨 일가의 아침 출근 모습이라 그런지 조미영의 표정에는 이전에 보였던 작은 그늘도 지금은 보이지 않았다.

탁!

정명수가 출근을 하고 배웅을 한 뒤 집 안으로 들어온 조미영은 수한을 보며 말을 하였다.

"아들 오늘은 뭐할래?"

18년 만에 돌아온 아들이라 하나에서 열까지 모든 것을 챙겨 주고 싶지만 이미 아들은 성인이 되었다.

자신이 잃어버리기 전 아기가 아닌 것이다.

미영은 자신이 해 주고 싶은 마음을 억지로 누르고 그저 돌아온 아들이 편안하게 가족을 대했으면 하는 마음으로 물었다.

그런 엄마의 마음을 알기라도 하듯 수한은 빙그레 미소를 지으며 미영에게 말했다.

"엄마, 우리 낮에 쇼핑도 하고 둘이서 데이트나 할까?"

수한의 느닷없는 말에 미영은 눈이 동그래졌다.

정말이지 언제나 꿈꾸던 것을 아들이 먼저 말을 해 주자 너무도 기뻤다.

사실 미영은 밖에 나가면 엄마들이 아들과 함께 걸어가는 것만 봐도 부러웠다.

또 아들이 엄마와 함께 쇼핑을 하는 것도 함께 쇼핑을 하며 옷을 고르는 것도 부러웠다.

그래서 패션디자인에 더욱 열을 올렸는지도 몰랐다.

아들이 돌아오면 아들에게 해 주지 못했던 옷을 많이 해 주기 위해서 말이다.

그런데 방금 아들이 먼저 자신에게 쇼핑을 하고 또 데이트를 하자고 하니 너무도 기뻤다.

"그럴까?"

"응, 나 한국에 돌아가면 대체 복무 때문에 시간이 없으니 오늘 원 없이 엄마라 쇼핑도 하고 또 맛있는 것도 먹어요."

"그러자!"

수한의 말에 미영도 찬성을 하며 오늘 하루 재미있게 보내자고 다짐을 했다.

수한은 엄마의 기뻐하는 모습을 보고 쇼핑을 하자는 말을 하길 잘했다고 생각했다.

설마 엄마가 자신의 말을 듣고 이렇게 기뻐할 줄은 생각지도 못했다.

그저 미국에서 생활을 하면서 가끔 최성희와 시내에 장을 보러 갔던 것이 생각나 말을 꺼내 본 것인데 이렇게 기뻐할 줄은 몰랐다.

"엄마, 그럼 조금 있다 함께 나가기로 하고 지금은 잠시 전화 좀 하고 올게!"

"응, 그런데 누구에게 전화를 하려고?"

미영은 수한이 전화를 한다는 말에 고개를 갸웃거렸다.

이곳에 와서 누구와 통화를 하려는 것인지 궁금한 것이다.

그런 미영의 질문에 수한은 빙그레 미소를 지으며 대답을 하였다.

"응, 수정이 누나에게 전화하려고."

"아! 수정이도 여기 있었으면 참 좋았을 텐데……."

"그러게, 누나도 함께 있었으면 참 좋았을 것인데, 뭐, 다음에 우리 가족 모두 함께하지 뭐."

"그래, 언젠가 우리 가족 모두 함께 여행이라도 가 보자."

미영은 수한이 수정의 이름을 거론하자 그때서야 수정도 함께 있었으면 하는 생각이 들었다.

동생을 찾겠다고 유명인이 되기 위해 연예계로 뛰어든 딸, 그런 딸에게 미영은 한없이 미안했다.

수한을 그렇게 잃어버리고 정신을 못 차린 자신 때문에 유년기를 엄마의 보살핌도 제대로 못 받고 자란 딸이다.

그래도 다행히 올바르게 자라 준 딸이 한없이 자랑스럽고 고마웠다.

미영이 뭔가를 생각하는 듯하자 수한은 조용히 그 생각을 방해하지 않고 2층으로 올라갔다.

대사관 관사는 2층 구조로 되어 있어 수한은 2층 방을 이용했다.

수한과 미영 모자는 집을 나서서 프놈펜 이곳저곳을 돌아 다녔다.

프놈펜 시내는 물론이고 캄보디아 하면 생각나는 영화 킬 링필드가 생각나는데, 프놈펜 가까운 곳에 청 아익 학살센 터가 있다.

킬링필드란 한 지역을 말하는 것이 아니라 1975~79년, 캄보디아의 폴포트가 이끄는 크메르루즈 정부가 벌인 잔악 한 학살을 말한다.

폴포트 정권은 당시 캄보디아 전체 인구의 1/3을 죽이는 끔찍한 만행을 저질렀다.

더욱이 그들은 어떤 이유가 있어서가 아니라 그저 안경을 썼거나 부유하거나 지식이 있는 학자들 그리고 남녀노소 가 리지 않고 자신들의 말을 따르지 않는 이들을 무참히 학살 했다.

더욱 웃긴 일은 그런 폴포트는 이중적인 정체를 숨기고

서방언론을 속이며 자신의 자식들을 미국에 유학을 보냈다는 것이다.

나중에서야 폴포트의 자식들이 공부하는 데 도움을 줬던 서방 언론인들은 자신들이 속았다는 것을 알게 되었지만 아무튼 그가 죽기 전까지 캄보디아는 현생의 지옥과 같은 현장이었다.

아무튼 이런 역사의 흔적이 남아 있는 관광지도 구경을 하고 또 캄보디아의 제례시장에서 점심도 먹으며 즐거운 한때를 보냈다.

"이번에는 어디를 갈까?"

따르르릉!

막 청 아익 학살센터를 나와 다음 행선지를 고르려던 때 미영의 전화기가 울렸다.

"아들 잠시만!"

미영은 수한에게 양해를 구하고 전화를 받았다.

"여보세요."

잠시 전화를 받던 미영은 표정이 굳어졌다.

수한은 그런 엄마의 모습에 뭔가 나쁜 소식인 것 같다는 생각을 하였다.

잠시 전화 내용을 들어 볼까, 하는 생각도 들었지만 곧 그런 생각을 접었다.

그건 엄마의 프라이버시에 관한 문제이니 엄마가 이야기해 주기 전까지는 굳이 나서서 들을 필요가 없다는 판단을 했기 때문이다.

아들에게 양해를 구하고 잠시 떨어져 통화를 한 미영이 심각한 얼굴을 하고 수한의 곁으로 다가왔다.

"아들!"

"응?"

"미안한데 엄마가 일이 생겨서 지금 가 봐야 할 것 같아!"

미영은 정말이지 아들과 떨어지고 싶지 않은 마음이 굴뚝같았지만 방금 전 전화의 내용을 해결하지 않으면 심각한 문제가 발생하기에 어쩔 수 없었다.

"무슨 안 좋은 일이라도 있어?"

"아니, 심각한 것은 아닌데, 엄마가 가서 해결해야 할 일이라서."

"그럼 일 보세요. 전 좀 더 구경하다 들어갈게요."

"그럴래? 참! 오늘은 아빠도 늦게 들어오신다고 했는데 어쩌지? 엄마도 좀 늦을 것 같은데?"

미영은 아들을 떼어 놓고 일을 보러 간다는 것이 여간 미안한 게 아니었다.

18년 만에 돌아왔는데, 일 때문이 방해를 받은 것 때문에 정말로 미안해 미칠 지경이었다.

그런 미영의 모습에 수한은 자신은 걱정하지 말라는 말을 하였다.

"엄마! 너무 걱정하지 말고 또 미안해하지도 마세요. 어서 급한 일부터 해결하세요."

수한의 말에 조금은 위로가 되었는지 미영은 고개를 끄덕였다.

"그래, 아들이 그렇게 이야기하니 조금은 안심이 되네! 그럼 엄마는 먼저 가 볼게! 저녁에 보자!"

"네, 어서 가 보세요."

미영은 뒤돌아 걸어가며 조금 전 전화를 건 상대에게 전화를 하는지 뭔가 빠르게 이야기를 하였다.

수한은 잠시 전화 통화하는 엄마의 모습을 지켜보다 그냥 주변을 걷고 싶은 충동이 일었다.

무엇 때문에 그런 생각이 들었는지 모르겠지만 주변 풍경 때문에 그런지 참으로 한적한 모습이었다.

언뜻 보면 한국의 시골 풍경과 비슷해 보이지만 열대기후라 그런지 같지는 않았다.

밭과 숲이 보이고 낮은 건물들도 듬성듬성 보였다.

밭에는 사탕수수인지 옥수수인지 심어져 있었는데, 자세히 보니 사탕수수였다.

얼마 쯤 걸어가니 간이 음료수 판매점이 보였다.

문득 갈증이 나고 또 어떤 음료를 파는 것인지 호기심도 생긴 수한은 빠른 걸음으로 그곳으로 걸어갔다.

"어서 오세요?"

"그건 뭔가요?"

잘 봐 줘야 15살 정도 되어 보이는 어린 아가씨가 무언가를 열심히 돌리고 있었다.

언뜻 보기에 압칙기 같이 보이기는 했는데 그 가운데 뒤로 보이는 수숫대 같은 것을 집어넣고 열심히 레버를 돌리고 있었다.

레버를 돌리면 둥그런 압착기가 돌아가며 수숫대를 밀어내고 압착이 된다.

그러면 홈을 타고 수숫대에서 수액이 흘러내리는 것을 받아 얼음과 함께 섞어 시원하게 먹는 음료였다.

"사탕수수 엑기스입니다. 맛있어요."

간이 판매점 주변에 조금 지저분해 보이는 아이들도 보였는데, 수한이 판매점 곁으로 다가오자 눈을 초롱초롱하게 반짝이며 수한을 쳐다보았다.

혹시나 자신들도 사탕수수 엑기스 음료를 얻어먹었으면 하는 시선으로 수한을 쳐다보는 것이다.

아이들을 본 수한은 문득 자신의 어렸을 적 생각이 났다.

가끔씩 들리는 지킴이 회원의 아저씨 아주머니들이 현운사에 들려, 주고 갔었던 간식들을 기대하던 자신의 모습이 투영된 것이다.

　수한은 그때 자신의 모습을 이곳 아이들에게서 보게 되자 아이들을 향해 손짓을 했다.

　기회를 엿보고 있던 아이들은 수한의 손짓에 빠르게 모여들었다.

　"여기 아이들의 숫자만큼 음료수를 주세요."

　"아이들도 사 주실 건가요?"

　"내 그러니 아이들 숫자만큼 주세요."

　"그럼 저도 한잔 마셔도 되나요?"

　음료수를 만들어 파는 소녀는 자신도 먹어도 되냐는 질문을 했다.

　수한은 그런 소녀의 눈을 들여다보았다.

　그리고 눈빛 안에 먹고 싶다는 욕망을 보았다.

　무슨 사연이 있는지 자신이 팔고 있는 음료를 마음대로 먹지 못하는 것 같았다.

　"후후, 그렇게 해!"

　자신의 얼굴을 보며 간절한 눈빛을 하고 있는 소녀를 보니 차마 거절할 수가 없었다.

　수한의 허락이 떨어지자 소녀는 기쁜 표정이 되어 수숫대를 압착기에 집어넣으며 열심히 레버를 돌렸다.

홈을 타고 내려오는 연녹색의 엑기스가 비닐봉지에 어느 정도 차오르자 소녀는 능숙한 솜씨로 봉지에 얼음을 채우고 거기에 빨대를 꽂아 수한에게 주었다.

수한은 소녀가 준 음료를 한 모금 들이켰다.

사탕수수의 엑기스와 물 그리고 얼음으로 만든 음료라 그런지 달고 참 맛있었다.

30도가 넘는 날씨에 이 사탕수수 음료수 한잔이면 신선이 따로 없을 것 같았다.

수한을 선두로 모여든 아이들도 한 봉지씩 사탕수수 음료를 들고 먹기 시작했다.

모든 아이들이 음료를 받자 그제야 소녀도 한 봉지 들고 마시기 시작했다.

10여 명의 아이들에게 인심을 쓰긴 했지만 한 봉지에 우리나라 돈으로 100원 정도뿐이 하지 않는 싼 음료라 얼마 나가지도 않았다.

하지만 아이들의 밝은 미소와 음료 한잔으로 행복해하는 모습을 보니 참 잘했다는 생각이 들었다.

음료를 다 마시고 다시 거리를 걷기 시작했다.

주지훈 목사는 초조해졌다.

이미 약소시간이 30분이나 지났기 때문이다.

주지훈 목사가 이곳 캄보디아에 온 목적은 탈북자들을 안전하게 자유의 세계로 보내기 위해서다.

벌써 이 생활을 한 지 30년이 되어 가고 있다.

청년시절 중국에 여행을 갔다가 우연히 보게 된 탈북자들의 실상을 보게 되었다.

모태신앙인 그는 부모님의 뜻에 따라 목사가 되기 위해 신학대학에 들어가기 전 친구들과 함께 중국 여행을 하게 되었다.

중국 상해를 비롯해 북경과 동북삼성 그리고 백두산에 오른다는 장대한 계획을 가지고 떠난 여행이지만 동북삼성에 도착해서 그곳에서 만난 탈북자의 삶을 본 주지훈은 그들의 처지를 불쌍히 여기며 이 일에 뛰어들었다.

중국인들에게 짐승처럼 부려지는 그들의 모습에 울분을 참을 수가 없었다.

하지만 당시 그가 할 수 있는 일은 아무것도 없었다.

괜히 나섰다가 오히려 탈북자들이 작은 도움도 받지 못하고 중국 공안이나 북한에서 파견된 추색꾼들에게 잡혀 갈 수도 있기 때문에 참았다.

그렇게 30여 년을 탈북자들을 안전하게 자유의 땅으로 인도하기 위해 도움을 주었다.

오늘도 탈북자 12명을 인도 받아 한국 대사관이나 아니면 다른 나라의 대사관으로 데려가야 하는데 약속된 이들이 아직 나타나지 않고 있는 것이다.

그 때문에 무척이나 불안했다.

사실 캄보디아가 대한민국과 수교를 하고 있지만 북한과도 수교를 하고 있는 나라다.

아니 우리나라보다 북한과 조금 더 친밀한 관계라고 하는 것이 맞았다.

전에 탈북자들이 캄보디아로 들어오다 국경수비대에 걸린 일이 있었다.

당시 캄보디아 관계자들은 탈북자들이 원한다면 북한 대사관이 아닌 한국 대사관이나 그들이 원하는 나라로 보내 주겠다고 약속을 했었다.

하지만 캄보디아 관계자는 약속을 철저히 속였다.

방심하고 있을 때 북한 대사관 직원이 나타나 그들을 모두 데리고 북한으로 떠난 것이다.

북한에 송환된 그들은 강요에 못 이겨 자신들이 납치가 되었다고 TV에 나와 증언을 했었다.

그리고 그들은 납치가 되었지만 조국의 도움으로 고향에

돌아올 수 있었다며 선전을 했다.

하지만 그 뒤로 그들은 강제수용소에 끌려가 소식이 끊겼다.

북한의 수용소는 한국의 수용소 즉 감옥과는 비교할 수 없을 정도로 비참한 곳이다.

식량배급이 안 될뿐더러 매일 계속되는 고문과 자아비판 그 때문에 북한의 강제수용소에서의 생존율은 최악이었다.

항간에는 죽은 시체도 숨겨 두고 인육을 먹는다고 알려질 정도다.

주지훈은 혹시나 그들이 국경을 넘어오다 국경수비대에 들킨 것은 아닌지 걱정이 되었다.

이번 탈북자들의 이동하는 루트는 개척한 지 얼마 되지 않은 곳이라 아직 북한 대사관이나 캄보디아 정부에는 알려지지 않은 곳이다.

비록 캄보디아로 넘어오기 전 라오스를 거치기는 불안한 루트를 지나기는 하지만 분명 라오스 쪽 브로커에게서 무사히 국경에 진입했다는 연락을 받았다.

그런데 30분이 지나도록 아직 도착을 하지 않으니 혹시나 국경을 넘어 들어왔지만 길을 잃은 것은 아닌지 오만 생각이 들었다.

"목사님, 제가 남아 있을 테니 목사님은 이만 이곳을 떠나시지요."

사실 이곳에서 주지훈이 할 수 있는 역할은 별거 없었다.

그저 중국에서 탈북자들을 탈출시키기 위해 도움을 주었던 것처럼 얼굴을 확인하고 불안해하는 그들을 위무하는 것 정도가 그가 할 수 있는 일이다.

나머지는 돈이 해결해 줄 것이다.

어차피 브로커에게 돈을 주어야 그들이 탈북자들을 자신들에게 넘길 것이기 때문이다.

오늘 오는 이들이 1차 인원이다.

아직 라오스에 2차 9명이 더 남았다.

자신은 오늘 오는 12명 분의 돈을 지불해야 하기에 이곳에 온 것이다.

아직 9명 분의 돈을 준비하지 못했다.

사실 탈북자들을 무사히 탈출시키기 위해선 다른 것이 아니라 돈이 최고였다.

중국의 브로커들도 돈만 주면 공안에 탈북자를 넘기지 않는다.

중국의 브로커나 공안들도 돈 때문에 북한의 추색꾼들에게 탈북자를 넘기고 하는 것이다.

북한이 탈북자에게 현상금을 걸고 있는데, 공안들은 이 돈을 벌기 위해 탈북자들을 잡아들이고 있었다.

그러니 주지훈처럼 탈북자를 돕기 위해 나온 이들의 최대한 노력하는 것이 바로 탈북자들을 데리고 있는 브로커들에게 지불할 돈을 마련하는 일이다.

"알겠습니다. 2차 9명 분의 돈이 마련되면 다시 연락드리겠습니다."

지금 주지훈과 대화를 하는 사람도 사실 브로커다.

다만 중국인 브로커나 라오스에 있는 브로커들 보단 믿을 수 있는 사람이란 것이 다를 뿐이다.

사실 중국인 브로커나 라오스에서 지금 탈북자들을 데려오는 브로커는 믿을 수 없는 이들이다.

언제 어느 때 배신할지 모르는 그런 인간들이다.

어떤 브로커는 돈만 받고 입 닦는 이들도 있었다.

하지만 탈북자나 그들을 돕는 주지훈과 같은 사람들은 아무런 말도 못한다.

지금 자신들이 하는 일이 북한이나 북한과 수교를 맺고 있는 나라들이 보기에 불법이기 때문이다.

만약 주지훈 목사가 탈북자의 탈북을 돕다 당국에 걸리게 된다면 다시는 캄보디아에 들어오지 못하게 강제출국 당할 것이다.

사실 주지훈 목사가 라오스에 가지 못하는 것도 실은 라오스에서 탈북자를 돕다 강제출국 된 전력이 있기 때문이다.

그 때문에 주지훈 목사는 다시는 라오스에 입국할 수가 없었다.

그래서 지금도 마음 졸이며 라오스에서 오는 사람들을 기다리는 것이다.

"그럼 잘 부탁드립니다."

주지훈 목사는 브로커에게 잘 부탁한다는 말을 하고 막차를 타고 나가려던 때, 숲에서 일단의 사람들이 나타났다.

등에는 작은 행낭 하나만 덩그러니 매고 있는 그들의 모습은 거지 차림이었다.

얼마나 숲을 오랫동안 탔는지 입고 있는 옷들이 여기저기 나뭇가지에 쓸리고 찢겨 있었다.

또 몇 날을 씻지 못했는지 얼굴에는 진흙 등 오물이 묻어 있어 무척이나 지저분해 보였다.

"어서 오시오. 다들 무사한 것입니까?"

주지훈은 기다리던 탈북자란 것을 깨닫고 얼른 그들의 곁으로 다가가 물었다.

"아, 젠장!"

주지훈의 물음에 가장 선두에 섰던 라오스인 브로커는 욕을 하며 잠시 뒤를 돌아보다 안가로 들어갔다.

아마도 오면서 뭔가 일이 있었던 듯했다.

하지만 주지훈은 라오스인 브로커 보다는 탈북자들에게

관심이 있기에 얼른 그들에게 다가가 그들의 상태를 살폈다.

그런데 도착한 탈북자들의 표정이 좋지 못했다.

분명 12명이 오기로 했는데, 현재 도착한 사람은 9명뿐이었다.

"저기 12명이 오시기로 한 것 아닙니까? 출발하기 전 12명이라 했는데?"

주지훈의 질문에 탈북자들은 하나같이 씁쓸한 표정을 하고 있었다.

하지만 어느 누구도 사라진 3명에 대한 이야기를 하지 않았다.

아무도 이야기를 해 주지 않자 주지훈은 어떻게든 알아야 했기에 안가로 들어간 브로커를 찾아 들어갔다.

"이보시오. 분명 출발할 땐 12명이 출발한다고 했는데, 어째서 9명만 도착을 한 것이오?"

주지훈은 방금 전 도착한 라오스인 브로커를 잡고 물었다.

한편 방금 도착한 이와 이야기를 하고 있던 이곳 브로커의 표정이 좋지 못했다.

"목사님…… 잠시 저랑 이야기를 하시지요."

조금 전까지 함께 있었던 브로커가 주지훈을 불렀다.

"무슨 일입니까?"

자신을 부르는 브로커의 말에 주지훈은 고개를 돌려 그에게 물었다.

그런 주지훈의 말에 그는 눈짓으로 자신이 하려던 이야기를 대신했다.

주지훈도 그가 하는 행동을 보아 아마도 지금 없는 3명의 탈북자와 연관된 이야기일 것으로 보여 그를 따라 밖으로 나갔나.

다시 밖으로 나오자 탈북자들이 모여 있는 반대편에 그가 앉아 있었다.

"왜 부르신 것입니까?"

주지훈은 브로커에게 다가가 물었다.

그러자 브로커는 심각한 표정으로 주지훈에게 말했다.

"방금 도착한 사람에게 대충 이야기를 들었습니다. 중간에 탈북자 중 3명이 죽었다고 합니다."

"뭐요? 죽었다고요?"

"예, 그들이 자신의 통제를 따르지 않고 자기들 멋대로 하다가 국경에 깔린 지뢰를 밟고 죽었다고 합니다. 그 때문에 국경에 있는 라오스 군과 캄보디아 군을 피해 오느라 늦었다고 합니다."

캄보디아 브로커의 이야기를 들은 주지훈의 표정이 좋지

못하게 구겨졌다.

뭔가 말이 되지 않는 변명같이 들린 때문이다.

어떻게 탈북자들이 아무것도 모르는 지역에서 자신들을 인솔하는 사람의 말을 듣지 않고 멋대로 행동을 한다는 말인가.

더욱이 그들은 출발하기 전 분명 주의를 단단히 받았을 것인데, 뭔가 다른 사연이 있을 것으로 보였으나 여기서 자신이 그것을 문제로 삶을 수는 없었다.

괜히 그렇게 브로커들과 척을 져서는 지금 도움이 필요한 탈북자를 더 이상 도울 수 없을지도 모르기 때문이다.

사실 탈북자들을 돕다 보면 이런 비슷한 일이 비일비재하게 일어나곤 했다.

"알겠습니다. 당분간 저들을 잘 돌봐 주시기 바랍니다. 남은 인원이 모두 도착하면 그때 데려가겠습니다."

"그러도록 하십시오. 참! 저 사람이 그러는데, 다음 차례에 있는 이들의 인수비용은 10% 올린다고 합니다."

"뭐요?"

주지훈은 브로커의 말에 깜짝 놀랐다.

현재 탈북자들 1인당 브로커에게 지급되는 돈은 1000달러.

이는 캄보디아나 라오스인 브로커들에게 엄청난 금액인

것이다.

캄보디아 공무원 월급이 평균 60달러인 것을 감안하면 1년 연봉보다 많은 돈.

그런데 탈북자 1인당 받는 돈이니 얼마나 큰 금액이겠는가. 그런데 거기에 10%를 더 올리겠다는 어처구니가 없었다.

아직 도착하지 않은 인원이 9명이니 기존 9천 달러에 900달러를 더 준비해야만 했다.

브로커의 이야기를 들은 주지훈의 눈앞이 깜깜해졌다.

갈수록 탈북자에 대한 관심은 줄어들고 있는데, 비용은 늘어나고 있으니 참으로 난감한 일이 아닐 수 없었다.

그렇다고 이 일을 그만둘 수는 없는 일 아닌가.

"알겠습니다, 부탁드립니다."

주지훈은 그렇게 이야기를 하고 안가를 떠났다.

평소라면 불안에 떨고 있는 탈북자들을 위로라도 해 주고 떠났을 터이나 지금은 비용 마련을 위해 정신이 없었다.

"이런 시간을 너무 지체했네."

수한은 잠시 주변을 살펴보다 깜짝 놀랐다.

너무도 맑은 공기에 취해 숲에서 오랜 만에 마나흡입을 하였다.

역시나 오염이 적은 곳이라 그런지 자연 상태에 퍼져 있는 마나의 농도가 한국에 비해 압도적으로 많았다.

오랜 만에 만끽하는 마나로 인해 집중을 해 그동안 몸에 쌓인 더러운 것들을 털어 내려 평소보다 마나호흡을 깊이 했다.

그러다 보니 시간이 얼마나 흐르는지 인식도 하지 못하고 늦게까지 하게 되었다.

이미 해는 산을 넘어 사라지고, 달도 벌써 저 하늘 위에 골려 서편으로 기울고 있었다.

"벌써 10시가 넘었네! 엄마가 걱정하겠다."

수한은 미영이 걱정할 것이라 생각하고 얼른 전화라도 드리기 위해 휴대폰을 꺼냈다.

역시나 휴대폰에는 부재중 전화는 50통, 문자 역시 10개나 와 있었다.

"여보세요, 엄마."

수한이 전화를 하자마자 수화기 너머에서 큰 소리가 들려왔다.

울먹이는 엄마의 목소리에 수한은 자신이 늦은 이유를 자세히 설명했다.

주변을 구경하다 숲에서 명상을 하게 되었고 너무 깊이 명상을 하느라 시간이 가는 줄도 몰랐다는 이야기를 하였다.

그제야 미영은 안심을 하고 수한에게 얼른 들어오라는 말을 하였다.

이미 늦는다는 아빠도 벌써 들어와 있다는 이야기를 들었다.

수한은 바로 들어가겠다는 대답을 하고 전화를 끊었다.

"한국도 아닌데 내가 너무 방심을 한 듯하네."

수한은 속으로 반성을 했다.

아무리 자신이 7클래스의 대마법사로 주변에 위협이 될 만한 것이 없다고 하지만 너무도 방심을 했다고 생각했다.

18년 만에 돌아온 아들이 들어올 시간이 넘었는데 돌아오지 않자 부모님이 걱정을 한 것이다.

더군다나 수교를 맺었다고 하지만 이곳은 캄보디아.

언제 어느 때 위험이 나타날지 모르는 외국인 것이다.

물론 대마법사인 수한의 능력을 모르니 그러는 것이지만 아무튼 부모님을 걱정 끼쳐 드린 것이 정말로 죄송했다.

그런데 막상 전화를 끊고 차를 부르려 하지만 지나가는 차 한 대가 없었다.

지금 수한이 있는 곳은 프놈펜 북쪽의 한적한 숲이라 지나다니는 낮에도 차가 별로 통행하지 않는 곳이었다.

그러니 오염이 덜되고, 명상을 할 때도 방해를 받지 않아 깊이 빠져든 것이지 않은가.

수한은 하는 수 없이 차가 다닐 만한 곳으로 가야만 했다.

천천히 숲을 나와 도로를 따라 걷기 시작했다.

탈북자들을 숨겨 줄 안가를 나온 주지훈은 표정이 풀릴 기미가 없었다.

운전을 하고 돌아오는 내내 나머지 9명을 불러올 돈을 모금하는 것이 걱정이다.

더욱이 가격이 인상되었으니 눈앞이 깜깜했다.

'하…… 어떻게 해야 그 큰 금액을 마련할 수 있을까?'

사실 라오스에 너무 오래 두는 것은 위험한 일이다.

수시로 수색을 하는 라오스 정부는 발견된 탈북자들을 북한 대사관에 넘긴다.

두 나라 간의 협약이 있어 탈북자를 발견하면 바로 북한에 알려 준다.

자신이 도와 라오스까지 왔는데 그들까지 모두 구해야 한

다는 사명감에 주지훈은 어떻게든 남은 이들도 모두 구하고
싶었다.

이런 생각을 하다 오늘 죽었다고 들은 3명이 생각났다.

분명 뭔가 숨기는 것이 있었다.

절대로 그들이 죽었을 리가 없었다.

그들을 한 명 데려오면 1천 달러를 받을 수 있는데 그렇
게 허술하게 관리를 했다는 것도 말이 되지 않는 이야기
다.

한참 생각을 하던 주지훈은 브레이크를 밟았다.

끼이익!

도로가에 누군가 걸어가다 자신을 보며 손을 흔들었기 때
문이다.

더욱이 위험천만하게 도로 안쪽으로 들어와 차를 멈추게
하기까지 했다.

만약 일찍 발견하지 못했다면 그냥 치고 지나칠 뻔하였
다.

"아니, 위험하게 그게 무슨 짓이오!"

자동차 라이트에 언뜻 보기에 젊은 청년 같았는데, 늦은
시각 도로에서 위험하게 차를 세우는 것에 화가 난 주지훈
이 큰소리로 훈계를 했다.

한편 전화를 끊고 도로를 따라 걷던 수한은 아무리 걸어

도 지나가는 차가 한 대 보이지 않아 무척이나 초조했다.

그렇다고 마법을 이런 것에 사용하자니 그것도 꺼려졌다.

괜히 자신이 마법을 사용하다 누군가의 눈에 띄기라도 한 다면 큰 낭패를 볼 수도 있으니까.

아무튼 그래서 일단 마법을 사용하는 것을 제쳐 두고 길을 따라 마냥 걸었다.

그러다 저 뒤쪽에서 자동차의 불빛을 보았다.

어떻게든 차를 세워야 한다는 일념에 조금 위험하지만 도로 안쪽에 서서 손짓을 하였다.

역시나 수한의 선택이 올랐는지 차는 수한의 앞에서 정지했다.

"죄송합니다. 너무 늦은 시각이라 차도 한 대 보이지 않아 그랬습니다."

수한은 일단 자신을 나무라는 지훈에게 사과를 했다.

"어디까지 가시오?"

"예, 한국 대사관까지 갑니다."

수한은 지훈의 질문에 목적지를 얘기했다.

그런 수한의 말에 지훈은 놀라며 물었다.

"한국인입니까?"

"네, 아버지께서 대사관에서 근무를 하셔서 잠시 들렸습니다."

GREAT
그레이트 코리아
KOREA

수한은 자신에 대해 설명했다.

"반갑습니다. 나도 한국인이오. 목사일로 이곳에 왔지요."

차를 타고 가면서 통성명을 하기에 이르렀다.

"아! 그러시군요. 그런데 이 늦은 시간에 목사님께서는 어딜 다녀오시는 길입니까?"

수한은 그저 인사치레로 물었는데, 지훈은 수한이 조금 전 한 말이 기억이 났다.

'아! 이 청년 아버지가 대사관 직원이라면 어쩌면 도움을 받을 수도 있겠구나!'

아무리 자국민 보호에 소홀한 대한민국 외교부라 하지만 설마 직원 가족을 도와준 자신의 부탁을 거절할까, 하는 막연한 생각을 하며 사정을 이야기하기 시작했다.

지금 주지훈은 그런 생각을 할 정도로 간절했다.

"내 초면에 이런 말하기 미안하지만 도움을 좀 요청해도 되겠습니까?"

자신보다 절반 이상이나 어려 보이는 자신에게 존대를 하며 말을 하는 지훈의 모습에 수한은 눈을 반짝였다.

상대를 존중하는 사람은 함부로 부탁을 하지 않는다.

그런데 목사로서 선교활동을 하기 위해 이곳 캄보디아까지 온 나이 많은 사람이 처음 본 자신을 보며 부탁을 하자

흥미를 느꼈다.

"무슨 부탁입니까? 제가 들어드릴 수 있다면 도와드리겠습니다."

수한의 말이 떨어지기 무섭게 지훈이 이야기를 털어놓았다.

"실은 제가 탈북자들을 몇 도와주고 있는데, 이 탈북이라는 것이……."

지훈은 탈북자들을 돕는 일과 그들을 돕기 위해 어떤 활동을 했는지 하나에서 열까지 들려주었다.

그리고 현재 자신이 이곳에 데려온 사람이 9명이 있고 또 라오스에서 데려올 사람이 9명이나 더 있다는 말을 하였다.

그러면서 수한에게 대사관 직원에게 도움을 요청한다는 이야기를 하였다.

"그들을 구하기 위해선 1인당 1,100달러가 필요합니다. 이전까지만 해도 1인당 1000달러였는데, 이번에 무슨 일이 있었는지 3명이나 도착을 하지 못하고, 또 가격도 10%나 올랐습니다."

지훈의 이야기를 듣고 있던 수한은 눈빛이 차가워졌다.

이야기를 들어 보니 수한이 생각하기에도 중간에 어떤 사고가 터졌다는 것을 알 수 있었다.

그리고 이야기 속해서 그 라오스인 브로커의 행동이나 캄보디아인 브로커의 행동으로 봐, 그들의 말과 다르게 아마도 국경 수비대와 무언가 일이 있었을 것 같았다.

'무슨 일이 있었을까?'

한참을 생각하던 수한의 머릿속에 문득 한 가지 생각이 맴돌았다.

일단 생각난 것을 한 번 물어보기로 했다.

"목사님."

"네? 무슨 할 말이라도…….."

"혹시나 해서 여쭤보는 것인데, 못 온 사람들이 혹시 여성분들 아닙니까?"

수한은 지뢰를 밟아 죽었다는 사람들이 혹시 여자가 아니었는지 물었다.

그런 수한의 질문을 들은 뒤에야 지훈도 자꾸만 자신의 머릿속을 맴돌던 의문에 답이 보였다.

말을 듣지는 않았지만 지훈의 모습에서 자신의 짐작이 맞았다는 것을 알 수 있었다.

아마도 국경수비대 즉, 군인들이 오랜 기간 오지에 있다 보니 성욕을 해소할 곳이 없었을 것이다.

그러다 우연히 국경을 넘던 밀입국자들을 발견했으니 그냥 넘어가지 않았을 것이 분명했다.

그 집단에 여성들도 있었을 것이고 문제가 발생했다.

정상적이라면 그들을 모두 돌려보내거나 감옥으로 보내야 했겠지만, 그들은 자신들의 욕구를 해소하는 한편 브로커에게서 안전하게 국경을 넘게 해주는 대신 돈을 요구했을 것이라 생각했다.

이런 생각을 하니 앞뒤가 딱 맞았다.

그리고 이런 생각은 수한뿐 아니라 주지훈도 생각해 냈다.

무엇 때문에 밀입국을 해 주는 돈이 늘어날 수밖에 없는 이유와 도착하지 않은 여성들의 신변에 관한 의문이 해결되었다.

"아버지께 말씀드려 보겠습니다."

수한은 고민을 하고 있는 주지훈에게 그렇게 이야기했다.

아직 수한의 아버지가 캄보디아 주재 한국 대사라는 것을 알리지는 않았지만 대사관 직원이라 했기에 수한의 말에 지훈은 손을 잡으며 고맙다는 말을 하였다.

"젊은이 고마워! 복 받을 거야!"

한국인들에게는 무척이나 흔히 하는 말이지만 좋은 일하면 복 받는다는 말이 참으로 듣기 좋았다.

그러면서 수한은 자신이 환생한 대한민국이라는 나라는 참으로 할 일이 많다는 생각이 들었다.

더욱이 지금 주지훈 목사가 하고 있는 일은 지킴이 회원 중에도 이런 일을 하는 단체가 있으니 그들과 연결을 시켜 주면 조금 더 많은 사람들을 안전하게 데려올 수 있을 것이라 생각했다.

　그렇게 차를 타고 가면서 수한의 머릿속은 또 다른 계획을 세우느라 복잡하게 돌아갔다.

9.
탈북자를 구출하다

늦은 밤 캄보디아 주재 대사관은 불이 꺼질 줄 몰랐다.

"신사무관! 실수하지 말고 잘 체크하게!"

정명수는 며칠 전에 떨어진 공문 때문에 신경이 날카로웠다.

다만 18년 만에 돌아온 아들로 인해 어느 정도 스트레스가 풀려 조금의 여유를 찾을 수 있었지만, 계속해서 오는 본국에서의 전문 때문에 대사관에 있을 땐 스트레스가 이만저만이 아니다.

정명수와 캄보디아 주재 대사관 직원들이 이렇게 늦은 시각까지 퇴근하지 못하고 회의를 하는 이유는 바로 한국에서 온 전문 때문이다.

보름 전 이곳 캄보디아와 국경을 맞대고 있는 라오스에서 일어난 탈북자 송환 문제 때문에 외교부에서 전문이 한 장 날아왔다.

그것으로 인해 이곳 캄보디아 주재 대사관이 발칵 뒤집어졌는데, 사실 이곳 직원들의 잘못은 아니고, 라오스 주재 영사관 직원들의 안일한 태도 때문에 벌어진 일이었다.

탈북자를 돕는 인권단체의 주선으로 무사히 북한을 탈출하고 또 중국 공안의 감시를 피해 라오스까지 도착했던 탈북자들이 그만 라오스 정부에 들키고 말았다.

물론 영사관이 아무런 일도 하지 않은 것은 아니다.

다만 라오스 정부의 말만 믿고 아무런 후속조치를 안 했던 것이 문제였다.

라오스 정부에 탈북자들이 잡혀 간 것을 알게 된 영사관 직원은 인권단체 대표와 함께 라오스 정부 담당자에게 찾아가 붙잡힌 탈북자들을 난민으로 적용해 그들이 원하는 곳으로 보내 줄 것을 부탁했다.

이 소식은 국제적으로 소식이 알려지면서 많은 나라 사람들의 관심을 끌었다.

폐쇄적인 북한이란 나라에서 나라를 탈출하는 사람들이 있고, 또 그들의 실태를 알게 되자 많은 사람들이 국제 인권 단체에 기부를 하며 그들의 탈출을 기도했다.

하지만 라오스 정부 담당자의 말만 믿고 있던 우리나라

외교부는 라오스 정부에 뒤통수를 맞고 말았다.

물론 조금은 안일하게 대처를 한 것도 맞았다.

그들은 담당자의 말만 믿고 그들이 석방되기를 기다렸지만 정작 라오스 정부는 탈북자들을 약속시간 보다 3시간 먼저 북한 대사관에 그들을 넘겨 버렸다.

뒤늦게 북한 대사관에서 탈북자들을 데리고 기자회견을 하는 소식을 듣게 되었다.

이 일로 전 세계는 물론이고, 특히 대한민국 국민은 외교부를 성토하기 시작했다.

전부터 각 나라에 파견 나간 외교부 직원들의 자국 국민 보호가 소홀한 것이 문제가 되었는데, 이런 문제가 발생했으니 전 국민이 들고 일어난 것이다.

2002년 월드컵을 계기로 시청 앞 시민광장은 어떤 큰 이슈가 있을 때마다 국민이 모이는 장소가 되었다.

2002년 6월에 있었던 미군 장갑차에 치여 사망한 중학생 소녀 2명을 기리는 집회가 열리고, 2008년에는 광우병이 의심되는 미국산 수입 쇠고기 수입에 반대하는 집회가 열리기도 했다.

이런 촛불 시위가 일어난 배경에는 모두 정부의 안일한 사건 대처에 대한 국민의 불만이 직접적으로 발현된 것이다.

즉, 국민이 정부에 국가 지도자에게 올바른 정치를 할 것을 요구하는 표현인 것이다.

그리고 이번 탈북자 북한 송환에 관한 문제도 이런 맥락에서 정부 부처인 외교부의 그동안 안일했던 행정 편의주의에 대한 불만이 터져 나온 결과다.

이 때문에 각국에 파견된 대사관에 공문이 내려오고, 특히나 캄보디아 주재 대사관에는 더욱 구체적인 공문이 하달된 것이다.

라오스의 상황에서 알 수 있듯 캄보디아에도 인권단체에서 운영하는 탈북자 지원 세력이 있을 것으로 보고 그들을 협조해 탈북자들의 안전을 확보하라는 내용이었다.

그런데 웃기게도 정작 정부 자체적으로 어떤 도움을 줄 것이면 예산은 어떻게 편성할 것인지 구체적인 답이 없다는 것이다.

현대의 모든 것은 예산이 좌우한다.

간단하게 인구 문제만 해도 그렇다.

날로 고령화 사회가 되어 가고 있는 대한민국의 문제는 참으로 심각하다.

결혼 정령기의 젊은이들의 결혼 기피나 결혼한 여성들이 아이를 낳지 않으려는 현상이 날로 심해지고 있다.

뿐만 아니라 아이를 낳는다 해도 1명 정도로, 날이 갈수록 사망 인구는 늘어나는데, 출산율은 줄어들고 있다.

이렇게 가다가는 머지않아 대한민국은 인구감소로 큰 혼란이 올 것이 분명했다.

어떤 연구기관에서는 2,700년대가 되면 한반도에는 사람이 살지 않을 수도 있다는 연구결과를 발표했다.

물론 그럴 일이야 없겠지만 수치상으로는 그런 결과를 나타냈다는 것이 중요하다.

아무튼 인간이 태어나면서 죽을 때까지 모든 것은 예산이 좌우한다.

줄어드는 출산율을 높이기 위해서는 예비 임산부가 아기를 가질 수 있는 배경을 마련해 줘야 한다.

아기 한 명이 태어나기 위해선 100만 원 정도의 돈이 필요하다.

이는 2박 3일간 병원 입원비와 자연분만에 들어가는 비용으로, 만약 제왕절개와 같은 수술을 하게 된다면 비용은 2~300만 원이 더 늘어난다.

이에 각종 예방접종과 양육비를 감안하면 엄청난 비용이 아기 1명당 소요가 된다.

그러니 아기를 낳고 싶어도 가정 형편 때문에 아기를 낳지 않게 되는 것이다.

태어나면서 인간은 돈을 소비하며 태어나게 되고 또 성장을 하고 가정을 꾸리고 죽는 그 순간까지 돈을 소비한다.

이렇듯 어떤 일을 할 때면 그에 들어가는 소모비용이 있는데. 공문을 보낸 정부는 그런 비용에 관한 내용은 이야기하지 않고 그저 탈북자를 안전하게 그들이 원하는 곳으로 보내기 위해 방법을 강구하라는 내용만 적어 공문을 내려보낸 것이다.

그러니 빠듯한 대사관 운영비에서 어떻게든 탈북자를 돕기 위한 예산을 만들어야만 했다.

그 때문에 현재 대사관 직원들의 고생이 이만저만이 아니다.

"조금 더 예산을 줄일 곳은 없는지 찾아보고, 김 사무관은 캄보디아 담당자를 만나 다시 한 번 협조요청하기 바라네!"

"알겠습니다."

"네, 알겠습니다."

자신의 말에 대답을 하는 사무관들을 보던 정명수는 벽에 걸린 시계에서 시간을 알리는 소리가 들리자 피곤한 얼굴로 퇴근을 알렸다.

"벌써 시간이 이렇게 되었네! 다들 오늘은 이만 하고 퇴근들 하자고."

"예, 고생하셨습니다, 대사님!"

"들어가십시오."

벌써 시계바늘이 10시를 알리고 있었다.

비록 오늘은 늦는다고 이야기를 하고 나오긴 했지만 너무도 시간이 늦어 부인에게 미안해졌다.

오랜 만에 아들까지 보게 되어 가족이 모여 있는 것을 기뻐하는 부인을 생각하니 손이 바빠졌다.

"나 먼저 들어가네!"

"네, 조심히 들어가십시오."

대사관 바로 옆에 있는 관사로 향하는 정명수를 향해 대사관 직원들은 조심히 들어가라는 인사를 하였다.

◈　　◈　　◈

정명수는 직원들의 인사를 뒤로하고 집으로 향했다.

그런데 집에 도착한 정명수에게 뜻하지 않은 손님이 기다리고 있었다.

"나 왔소!"

집에 들어온 정명수는 문을 열고 자신을 맞이하는 미영을 보며 활짝 웃었다.

대사관 안에서 사무관들과 회의할 때의 피곤한 기색은 전혀 없는 밝은 모습이었다.

정명수는 자신의 피곤한 모습을 사랑하는 아내에게 내보이지 않기 위해 언제나 밝은 미소를 머금고 퇴근을 했다.

이것은 사실 수한이 유괴가 되어 실종이 된 뒤로 미영이 마치 시든 꽃처럼 힘이 없는 모습에 자신 또한 그런 모습을 보이면 더욱 힘들어할 아내를 위해 아무리 밖에서 힘들게 일을 했어도 그런 내색을 하지 않았던 것이다.

그러던 것이 이제는 습관이 되어 집 앞에만 도착하면 언제 그랬냐는 듯 신색이 밝아졌다.

이것으로 보아 사람의 습관이란 참으로 무서운 것이 아닐 수 없었다.

쪽!

정명수는 문을 연 미영을 끌어안고 가볍게 뽀뽀를 하였다.

"어머! 이이가! 손님도 있는데……."

미영은 언제나 퇴근하면 하는 남편의 기습 키스를 받으며 화들짝 놀랐다.

평소라면 그냥 남편의 키스에 조금 더 과감하게 반응을 했겠지만 오늘은 아들도 있고, 또 아들이 데려온 손님도 있었다.

그랬기에 평소와 다르게 질겁하며 남편의 기습 키스에 몸을 뺐다.

정명수는 평소와 같지 않은 안내의 반응에 고개를 갸웃거렸다.

'무슨 일이지?'

미영의 반응이 평소와 다른 것에 무슨 일인지 생각을 하던 정명수는 고개를 갸웃거리며 물었다.

"무슨 일 있소?"

"손님이 와 있어요."

정명수가 물어보자 미영은 손님이 와 있다는 대답을 했다.

"손님? 내가 아는 사람이오?"

"아니요. 수한이 데려온 손님이에요. 그런데 당신의 도움이 필요하다고 하네요."

정명수는 미영의 말에 고개를 갸웃거렸다.

아들의 손님인데, 자신에게 볼일이 있다 하니 더욱 의문이 들었다.

더군다나 자신의 도움이 필요하다는 손님의 정체가 궁금해졌다.

정명수는 속으로 궁금하면서도 손님의 정체가 의심스러웠다.

집 안으로 들어선 정명수는 거실에 수한과 이야기를 나누고 있는 남자를 보게 되었다.

자신도 언젠가 한 번 본 기억이 있는 남자였다.

'저 사람이 수한이와 알고 있던 사람인가?'

캄보디아 주재 대사관으로 발령이 나면서 캄보디아에 살

고 있는 한인회원들의 환영 만찬 자리에서 인사를 나눈 적이 있었다.

한편 주지훈 목사는 처음 계획과는 다르게 자신의 교회가 아닌 수한을 따라 그의 집에 함께했다.

원래라면 라오스에 남은 탈북자 9명분의 비용을 마련하기 위해 이곳저곳 연락을 해야 했겠지만, 우연히 수한을 만나게 되었고, 도움을 받으려 하는 대사의 아들이라는 말에 계획을 변경해 그를 따라 그의 집에 함께했다.

"아직도 중국 동북삼성에는 북한을 탈출한 탈북자들이 도움의 손길을 기다리며 숨어 있습니다."

열정을 가지고 수한을 향해 북한을 탈출한 탈북자들의 실상을 설명해 주고 있었다.

그런데 자신의 설명을 열심히 듣고 있던 청년이 시선을 돌리는 것을 느꼈다.

아니나 다를까. 그 청년은 현관을 보며 자리에서 일어나 인사를 하였다.

"아버지 오셨어요?"

수한은 자리에서 일어나 거실로 들어오는 명수를 보며 인사를 했다.

"그래, 오늘 관광은 잘했냐?"

"네, 볼 곳도 많고 엄마도 즐거워하셔서 더 좋았어요. 다음에는 아버지도 같이 가요."

"에잉! 또 그런다. 네 엄마에겐 엄마라 하면서 난 왜 아버지냐!"

"하하하, 알았어요."

정명수는 수한에게 섭섭한 표정을 지으며 다시 자신의 호칭에 대해 타박하다 표정을 정색하며 말을 했다.

"그나저나 손님이 오셨다고?"

아들의 맞은편에 있는 주지훈의 모습을 보았기 때문이다.

거실로 올 때 분명 손님이 왔다는 아내의 말을 듣기는 했지만, 거실로 들어서며 가장 먼저 수한의 모습을 본 그의 눈에 온통 아들의 모습만 보였기 때문이다.

그도 그럴 것이 정명수도 18년 만에 아들을 본 아내인 미영 못지않게 기뻤다.

아버지로써 자식을 지켜 주지 못했다는 죄책감에, 표현은 못했지만 그도 여느 아버지처럼 아들에게 많은 것을 해 주고 싶었다.

하지만 갓난아기였던 아들은 어느새 장성해 돌아왔다.

눈에 넣어도 아프지 않을 아들과의 추억을 쌓기도 전에

벌써 아들은 다 자라 어른이 되어 있었던 것이다.

그리고 그런 아들을 보며 명수는 아들이 클 동안 사회에서 받았을 수모를 생각하니 죽고만 싶었다.

하지만 18년 만에 돌아온 아들은 자신에게 어떤 원망도 하지 않고 밝게 웃어 주었다.

그러면서 실종되었던 기간 동안 자신과 새로운 인연을 맺었던 사람들에 관해 설명을 해 주었을 때, 정명수는 하느님께 감사했다.

종교를 믿는 것은 아니지만 어제 하루 동안은 정말이지 자신이 알고 있는 종교의 신들의 이름을 떠올리며 감사의 마음으로 밤새 잠을 못 이뤘다.

그리고 그건 그만이 아니라 아내도 같은 생각이었는지 밤새 뒤척이는 것을 느꼈었다.

아무튼 들어오자마자 아들의 모습을 확인한 명수는 18년 만에 돌아온 아들이 사라지지 않고 자신의 앞에 있는 것만으로 감사했다.

그리고 뒤늦게 주지훈 목사의 모습을 확인하고 표정을 바로 했다.

"대사님의 그런 모습…… 뜻밖입니다."

예전 안면이 있었기에 주지훈은 명수를 보며 조심스럽게 말을 걸었다.

"네, 그런데 무슨 일로 절 찾아오신 것입니까?"

주지훈이 이곳 캄보디아에서 전도를 목적으로 온 개척교회 목사를 것을 알고 있었다.

그런데 그런 주지훈이 이 늦은 시간에 자신을 찾아온 이유를 알 수가 없어 물어본 것이다.

명수의 물음에 주지훈은 잠시 머뭇거렸다.

주지훈은 그제야 지금 시각이 너무 늦었다는 것을 인식하게 되었다.

이미 밤 10시가 넘었다. 한국과 다르게 이곳 캄보디아에서는 이 시간이면 일체 밖을 돌아다니지 않는다.

비록 이곳이 캄보디아의 수도인 프놈펜이라 하지만 한국처럼 불야성을 이루는 곳은 이곳과 거리가 멀었다.

"이거 늦은 시간에 죄송합니다. 사정이 좀 급하다 보니 늦은 시각이란 것을 인식하지 못하고 있었습니다."

주지훈은 얼른 사과의 말을 했다.

그런 주지훈의 말이 들림과 동시에 수한이 나서서 말을 하였다.

"주 목사님은 제가 곤경에 처해 있을 때 도움을 주셨어요. 제가 인적이 없는 곳에 너무 오래 있다가 낭패를 봤는데, 마침 그곳을 지나는 목사님에게 도움을 받아 집으로 오게 되었는데, 오는 동안 이야기를 하다 보니 아버지의 도움이 꼭 필요할 것 같더라고요. 외교관이신 아버지 업무와도 연관이 있는 문제기도 했고요."

수한이 자신의 업무와도 연관이 있는 내용이란 말에 관심을 보이며 시선을 돌렸다.

"제 업무와 연관이 있다는 부탁이 무엇입니까?"

정명수는 굳이 외교적 수사를 섞어 가며 주제를 빙빙 돌리기보단 간단명료하게 이야기를 끝내기 위해 직설적으로 물었다. 이런 정명수의 물음에 주지훈도 바로 자신이 하고자 하는 이야기를 들려주었다.

"제가 이곳 캄보디아에 전도를 하기 위해 교회를 개척한다고 들어왔지만 사실 주목적은 전도가 아니라 탈북자들을 돕기 위해 이곳에 와서 활동을 하고 있습니다."

정명수는 주지훈 목사가 하는 이야기를 기다리다 그가 하는 이야기를 듣고 깜짝 놀랐다.

설마 한국에서 내려온 공문처럼 이곳에서도 그런 일이 벌어지고 있었다는 이야기를 듣자 놀란 것이다.

"그런데 국경을 넘으며 무슨 일이 있었는지, 오늘 오기로 했던 인원 중 3명이 도착을 하지 못했습니다. 그리고 다음에 들어올 인원에 대한 비용도 기존보다 10%나 올렸습니다."

이야기가 계속될수록 주지훈의 표정이 좋지 못했다.

오늘 도착했어야 할 12명 중 3명이 중간에 사라졌다.

이미 보수의 절반을 지급한 상태인데 3명이 도착하지 않았다고 그 돈을 돌려주지도 않을 것이 분명하리라.

뿐만 아니라 인수비용을 치를 때도 사라진 3명분의 비용을 모두 줘야 오늘 도착한 9명도 무사히 인도받을 수 있을 것이다.

만약 3명이 사라졌다고 인수비용을 12명분이 아닌 9명분만 지급한다면 브로커들은 아마도 탈북자들을 자신들에게 인도하기보다는 캄보디아 정부에 넘겨 버릴 것이다.

그리고 아직 라오스에 남아 있는 탈북자들은 북송이 될 것이고 말이다.

현재로서는 브로커들이 요구한 것을 들어줄 수밖에 없었다.

자신이 직접 그들을 중국에서 한국으로 데려가는 것이 아니라 탈북 브로커들을 이용해 제3국을 통해 탈북자들의 탈출을 돕는 것이기 때문에 모든 일을 주도할 수 없어 벌어지는 일이다.

그리고 이것이 현재 탈북자들을 돕는 루트의 현실이었다.

모든 것은 브로커들이 결정을 하는 것이다.

그러니 비용이 얼마가 들어도 그들이 요구하면 들어줄 수밖에 없다.

10%의 비용이 늘어났다고 주장을 하면 들어줄 수밖에

없는 것이다.

이런 내용을 주지훈은 대사인 정명수에게 자세히 설명을 했다.

모든 설명을 들은 정명수는 표정이 침중해졌다.

그리고 그건 남편의 곁에서 이야기를 듣던 미영 또한 마찬가지였다.

캄보디아 열대우림을 걷는 것은 무척이나 힘든 일이다.

건기에 들어갔다고는 하지만 열대우림의 땅은 곳곳이 진창을 이룬 곳도 있고, 또 엉켜 있는 넝쿨식물들로 인해 길도 없었다.

더욱이 사람이 다녀 길이 났다고 하더라도 며칠 지나지 않아 다시 그 길은 사라질 정도로 생명력이 넘쳐 나는 곳이라 사실 사람이 들어와 돌아다니는 것이 힘들었다.

수한은 자신의 앞 300m정도 앞에서 걷고 있는 남자를 지켜보며 그에게 들키지 않기 위해 조심스럽게 그의 뒤를 따랐다.

수한이 보고 있는 남자의 정체는 바로 라오스인 브로커였다.

탈북자들을 라오스에서 이곳 캄보디아로 인솔해 오는 사람이다.

그는 지금 아직 라오스에 남아 있는 9명의 탈북자를 데려오기 위해 다시 캄보디아의 국경을 넘어 라오스로 가고 있었다.

수한은 주지훈 목사가 브로커에게 잔금을 치르는 현장에 함께했었다.

물론 주지훈 목사는 수한이 그 장소에 동행을 하는 것에 의문이 들기도 했지만 수한 때문에 이곳 캄보디아 주재 대사의 전폭적인 협조를 얻어 냈기에 그러려니 하고 넘어갔다.

아닌 말로 수한의 도움이 아니었다면 대사를 그토록 쉽게 만날 수도 없었을 것이고, 도움을 받기도 무척이나 어려웠을 것이다.

사실 주지훈은 이곳 캄보디아로 개척교회를 만들고 탈북자들의 탈출로를 이곳 캄보디아로 정한 것은 전적으로 이곳 주재 대사인 정명수의 성향을 들었기 때문이다.

원리원칙을 지키고 자국민 보호에 앞장서는 사람으로 그 때문에 윗선에는 찍혀 한직으로만 돌고 있다는 이야기 말이다.

인권운동을 하면서 동료들에게 많이 듣는 이야기가 현재

대사관 직원들의 비협조적인 행동이 탈북자를 돕는 이들에게 가장 힘든 일이라는 소리를 들었다.

그리고 그도 그런 경험을 했었다.

그랬기에 우연한 기회에 대사와 개인면담을 할 기회를 준 수한에게 감사하는 마음을 가지고 있었다.

그래서 수한이 자신이 하는 일에 관심을 보이는 것을 오히려 고마운 마음에 공개를 한 것이다.

수한이 주지훈 목사가 브로커에게 잔금을 치르는 곳에 따라가려고 한 이유는 어제 그와 이야기를 하면서 원래 도착해야 할 12명에서 3명이 도착하지 못한 이유를 알아내기 위해서다.

분명 뭔가 문제가 발생했다는 생각을 하게 된 수한은 어떻게든 그들을 구해 낼 생각이다.

이야기를 들어 본 결과 브로커의 말과는 다르게 도착하지 못한 3명이 어떤 상황인지 수한은 짐작할 수 있었다.

수한의 생각으로는 국경을 넘을 때 국경을 수비하는 군인들에게 들켜 돈과 여자들을 빼앗겼을 것이라 생각했다.

물론 국경을 넘을 당시 브로커나 탈북자들은 돈을 가지고 있지 않았을 것이니 아마도 여자들을 붙잡고 브로커가 돈을 가지고 오길 기다리고 있을 것이라 판단했다.

그래서 라오스로 돌아가는 브로커의 뒤를 따라가 붙잡혀

있는 여자들의 행방을 알아내려는 생각이다.

수한이 보통 사람이라면 참으로 위험천만한 행동이지만 수한은 지구상 유일한 마도사이지 않은가.

자신의 능력을 알기에 수한은 자신 있게 행동을 할 수 있었지만 수한의 이런 생각을 알게 된 정명수나 조미영은 깜짝 놀랐었다.

◈　　◈　　◈

"아빠, 엄마. 할 이야기가 있어요."

주지훈 목사가 늦은 시간 정명수와 면담을 끝내고 돌아간 뒤 수한은 정명수와 조미영을 불렀다.

"아들 무슨 할 말이라도 있어?"

"주 목사의 일이라면 이미 협조공문이 내려온 상태이니 내가 내일 아침에 출근해 처리하마."

정명수는 아들이 자신을 부르자 이미 주지훈 목사에게 약속했던 것처럼 내일 아침 일찍 출근해 처리하기로 했다.

예비예산을 돌려 이번 일에 사용을 하고, 상부에 상신을 하면 되는 문제이니 충분히 가능한 일이었다.

그런데 수한의 입에선 전혀 뜻밖의 이야기가 튀어 나왔다.

"그건 아빠가 알아서 해 주시고요. 전 내일부터 주지훈 목사님을 따라 며칠 돌아보고 올게요."

"그게 무슨 소리야?"

"그래, 넌 곧 한국으로 돌아가야 한다면서, 그러지 말고 넌 엄마와 함께 시간 좀 보내다 한국으로 가지 그러냐?"

18년 만에 돌아와 겨우 하루밤에 함께하지 못했는데, 아들이 또 어디로 간다는 말에 조미영이나 정명수는 아들이 엉뚱한 일을 하려는 것은 아닌지 걱정이 되어 만류했다.

그런 엄마, 아빠의 모습에 수한은 조심스럽게 자신의 생각을 말했다.

"엄마, 아빠. 저 이제 아기가 아니니 너무 걱정하지 마세요. 그리고 저 생각보다 능력 많아요."

수한은 자신을 걱정하는 부모님의 마음을 알기에 두 사람의 걱정을 불식시키기 위해 노력을 했다.

그리고 급기야 그 누구에게도 알리지 않은 비밀인 마법을 선보이기로 하였다.

사실 그동안 어느 누구에게도 자신이 마법을 사용할 수 있다는 것을 알리지 않고 있었다.

이것은 의붓할아버지인 혜원이나 양엄마인 최성희에게도 알리지 않았다.

하지만 지금 이 자리에서 두 사람에게 밝히려는 이유는 자신을 너무도 걱정해 창백해지는 엄마의 모습을 본 때문이다.

현재 조미영은 수한의 이야기를 듣고 또 18년 전처럼 아들이 사라질지도 모른다는 불안감에 휩싸여 제정신이 아니었다.

18년 전의 그 일이 그녀에게 트라우마가 되어 지금 그녀의 머릿속에 펼쳐진 것이다.

자칫 잘못하다가는 18년 만에 만난 엄마가 잘못될 것 같아 수한도 그동안 비밀로 하던 마법을 보여 주었다.

"잘 보세요. 이게 제가 가진 아무도 모르는 비밀이에요."

수한은 정명수와 조미영 앞에서 투명화 마법인 인비져빌리티 마법을 시전 했다.

"어머! 어머나!"

미영은 갑자기 자신의 눈앞에서 사라진 아들의 모습에 깜짝 놀라 아무런 말도 못했다.

그리고 그것은 정명수 또한 마찬가지였다.

"아들 어디에 있는 거니? 어디야!"

미영은 사라진 수한의 모습에 떨리는 목소리로 수한을 불렀다.

그러자 마법으로 모습을 감추었던 수한이 다시 그 앞에 나타났다.

"어떠세요?"

수한은 조금 담담한 목소리로 걱정이 가득 담긴 눈빛으로 자신을 보고 있는 미영을 보며 물었다.

그런 수한의 모습에 정명수나 미영은 할 말을 잊었다.

잠시 이들 사이에 침묵이 흐르다 정명수의 질문으로 침묵이 깨졌다.

"어떻게 한 것이냐?"

의문이 가득 담긴 눈빛으로 자신을 쳐다보는 정명수의 질문에 수한은 잠시 망설이다 자신의 이야기를 해 주었다.

전생을 기억하며, 자신이 전생에 다른 세상의 마도사였으며, 기억을 가지고 환생을 했다는 이야기, 전생을 기억하고 있었기에 자신이 아기였을 때 그런 천재적인 모습을 보일 수 있었다는 이야기까지 들려주자 정명수와 조미영 부부는 아무런 말도 하지 않고 수한을 쳐다보았다.

이 상태에서 무슨 말을 해야 할지 답을 찾을 수 없었기 때문이다.

"물론 제가 무적이란 소리는 아니에요. 하지만 방심만 하지 않는다면 크게 위험할 것도 없어요. 그러니 이번 일 허락해 주세요. 부탁드려요."

수한은 자신이 마법을 사용하고 이 힘은 가지고 있는 자신을 위협할 만한 것은 이 세상에 별로 없을뿐더러 자신감을 드러내며 부모님을 진정시켰다.

그러면서도 자신을 걱정하는 부모님에게 더 이상 자신을

걱정하지 말고 자신의 말을 들어달라 부탁하였다.

그런 아들의 모습에 두 사람은 지금 어떻게 대답해야 할지 갈피를 잡을 수가 없었다.

방금 전 본 너무도 황당한 상황에 할 말을 잊은 것이다.

영화나 소설에나 나오는 그런 마법이란 것을 직접 눈으로 본 때문인지 두 사람은 아들을 어떻게 받아들여야 할지도 현재로서는 판단이 서지 않았다.

하지만 엄마는 강하다 했는가. 먼저 생각을 정리한 것은 조미영이었다.

"아들! 내 아들 맞지?"

조미영은 조금 전 자신이 전생에 마도사이고 지구에 환생했다고 한 수한의 말에 뭐에 홀린 것 마냥 자신의 아들이 맞는지 물었다.

그런 미영의 물음에 수한은 빙그레 미소를 지으며 대답을 했다.

"응, 맞아! 내 엄마는 여기 조 미자 영자 쓰시는 분이 맞고, 아빠는 정 명자 수자 쓰시는 분이 맞아요."

수한의 말을 들은 미영은 다시 한 번 생각을 하는 듯하더니, 입을 열었다.

"알았다. 네가 그렇게 이야기를 하니 엄마도 더 이상 말리지 않을게, 하지만 약속 하나 해 줘."

"그게 뭔데?"

약속을 하자는 미영의 말에 수한은 고개를 갸웃거렸다.

"다치지 말라는 거야……. 그건 약속해 줄 수 있지?"

미영의 말에 수한은 잠시 할 말을 잊었다.

7클래스 마도사인 자신을 걱정하는 엄마의 말에 저도 모르게 미소를 짓게 하였다.

수한은 다시 한 번 부모님의 관해 따뜻함을 느끼고 있었다.

"알겠어요, 엄마!"

수한은 미영에게 웃으며 약속을 하였다.

수한이 탈북자를 돕기 위해 주지훈 목사를 따라 며칠 다녀오겠다는 말로 분위기가 어수선해졌던 집안은 금방 본래의 화목한 분위기로 돌아왔다.

"그나저나 마법이란 것 대단하다. 그거 어떻게 하는 거냐?"

"하하, 솔직히 마법에 관해 설명하기란 여간 난해한 것이 아니에요."

수한은 아무런 제반 지식이 없는 이곳 지구에서 마법을 설명하기란 힘들었다.

그것이 아무리 7클래스의 마도사이며 깨달음만으로는 8클래스 위자드 급이라 해도 말이다.

막말로 비교대상이 없는데 어떻게 예를 들어 설명을 할 것인가?

◈　　◈　　◈

수한은 브로커를 따라가면서 어젯밤에 있었던 일을 생각했다.

자신을 걱정하는 부모님은 안심시키고 또 자신의 마음이 시키는 이 일을 하기 위해 부모님을 설득하던 일. 결국 자신이 비밀로 하던 마법까지 보이게 되었다.

하지만 그 일을 후회하는 것은 아니다.

브로커를 추적하면서도 주변을 살피는 것은 잊지 않았다.

수풀이 우거져 언제 어느 때, 이 지역을 순찰하는 군인들에게 들킬지 모르기 때문이다.

아무리 자신이 7클래스 마법사라고 하지만 계속해서 마법을 유지할 수는 없었다.

물론 투명화 마법 정도는 하루 종일 시전하고 있다고 해서 무리하는 것은 아니지만 영향이 아주 없는 것은 아니다.

비록 투명화 마법이 고위마법은 아니지만 그렇다고 낮은 클래스의 마법도 아니기 때문에 장시간 사용하기에는 적합하지 않은 마법이다.

즉, 순간 필요할 때 짧게 사용하는 것이 좋은 것이다.

만약 장시간 사용하다 비상시 마력의 부족으로 제한을 받을 수도 있기 때문이다.

이런 이유로 수한은 브로커의 뒤를 추적하면서도 주변의 경계를 소홀히 하지 않았다.

지금 수한은 주변을 감시하기 위해 와이드 센스 마법을 사용하고 있는데, 이 마법은 투명화 마법인 인비져빌리티보다는 낮은 1클래스의 마법으로, 사용하는 마력의 양도 적고 생각보다 활용도가 높은 마법이라 이런 수풀이 우거진 정글에서는 와이드 센스 마법이 더 좋았다.

지금도 넓게 퍼진 마력에 각종 동물들의 움직임이 포착되고 있었다.

그리고 그중에는 수한이 피하고 싶은 어떤 움직임이 포착되었다.

'군인들이다.'

와이드 센스 마법의 범위 내에 동물들이 아닌 사람들로 보이는 움직임이 포착되었다.

동물들과 다르게 인간의 움직임은 표시가 났다.

조심스러우면서도 동물들과 다르게 주변에 요란한 소리를 내며 이동을 하고 있었다.

아무리 조심을 한다고 해도 그 움직임이나 소리는 차이가 났다.

군인들의 기척이 느껴지자 수한은 그들이 볼 수 없게 인비져빌리티 마법으로 몸을 감추었다.

몸을 감추는 것과 동시에 플라이 마법을 사용해 그들의 근처로 이동을 하였다.

수한이 투명화 마법에 이어 플라이 마법까지 사용해 접근한 이유는 자신의 기척을 들키지 않고 그들이 하는 이야기를 듣기 위해서다.

군인들 근처로 접근을 하였는데, 역시나 자신의 짐작대로 이동을 하던 브로커의 근처에 군인들이 접근을 하는 것이 보였다.

"멈춰!"

군인들이 소리를 지르자 조심스럽게 길을 가던 브로커는 자리에 멈췄다.

소리가 들리는 곳으로 시선을 돌리는 브로커의 눈에 총을 들고 자신을 겨누고 있는 군인들의 모습이 보였다.

브로커가 멈추자 총을 겨누던 군인들 속에서 한 명이 나와 그의 곁으로 접근했다.

자신을 향해 접근하는 군인의 모습을 확인한 브로커는 언제 표정이 굳었느냐는 듯 표정을 풀었다.

"후앙 중위님 아니십니까! 그냥 초소에 계시면 제가 찾아갔을 텐데 말입니다."

브로커는 자신의 앞으로 나오는 군인을 알고 있는 듯 그의 이름을 부르며 그에게 걸어갔다.

한편 플라이 마법을 이용해 이들의 곁으로 접근을 했던 수한은 이들이 있는 나무 위에 올라서 이들의 대화에 귀를 기울였다.

"돈은 가져왔겠지?"

후앙이란 군인은 브로커를 보며 대뜸 돈을 가져왔는지 물었다.

그런 후앙의 질문에 브로커는 잠깐 표정이 굳어졌다가 다시 본래의 웃는 모습으로 돌아가 말을 했다.

브로커가 잠깐 표정이 바뀌었지만 이 모습을 눈치 챈 사람은 아무도 없었다.

"물론이죠. 여기 약속한 3천 달러……."

브로커는 상의 왼쪽 호주머니에서 달러 뭉치를 꺼내 후앙에게 넘겼다.

돈이 눈앞에 보이자 지금까지 아무런 표정을 하지 않고 있던 군인들의 표정이 풀어지기 시작했다.

입가에 미소가 걸리고 그들의 눈에 탐욕이 일기 시작했다.

"술과 고기는?"

돈을 받은 후앙은 다시 술과 고기에 대하여 물었다.

이것은 브로커가 탈북자들을 데리고 이곳을 지나다 후앙이 인솔하는 국경수비대에 걸리면서 계속해서 이곳 루트를 이용하는 대가로 요구한 것이다.

돈과 적당한 보급품을 가져다주는 조건으로 국경을 넘는 것을 눈감아 주기로 약속을 하였다.

브로커도 이런 후앙의 제안이 나쁘지 않았다.

물론 돈이 나가는 것이 조금 아깝기는 하지만 그래도 그것만 조금 양보하면 보다 안전한 루트가 개발되는 것이기에 오히려 브로커 입장에선 이런 후앙의 제안이 고마운 것이다.

그런데 주지훈 목사를 만났을 때 그런 표정을 지었던 것은 모두 손해를 만회하려는 속셈에서 그런 표정을 지었던 것뿐이다.

물론 지금도 3천 달러나 뺏긴 것은 예상하지 못했던 지출이기에 아까워 그런 것이지만 말이다.

어차피 이제부터는 국경을 넘으면서 군인들에게 빼앗길 돈은 주지훈 목사가 보충해 주기로 했으니 브로커 입장에선 아까울 것도 없었다.

"그건 여기 있습니다."

브로커는 등에 매고 있던 가방을 열어 캄보디아에서 구입

한 술과 고기 등을 넘겼다.

물론 혼자 짊어지고 이곳까지 가져온 것이라 양은 그리 많지 않았지만 국경을 경비하는 군인들이 즐기기엔 충분한 양이었다.

"좋아! 가 봐!"

"예, 그럼 3일 뒤에 뵙겠습니다."

"그래, 그럼 그때도 부탁하지."

"예, 그럼 수고들 하십시오."

브로커는 잠시 후앙 중위와 이야기가 끝나자 자리를 떠났다.

한편 나무 위에서 모든 이야기를 들은 수한은 브로커가 떠나가는 모습을 보았다.

하지만 이번에는 그를 따라가는 것이 아니라 조금 전 브로커에게 돈과 물건을 받은 군인들을 따라가기 시작했다.

그렇지만 이번에는 브로커를 추적할 때와 다르게 마법을 풀지 않고 모습을 감춘 상태에서 뒤를 추적했다.

브로커와 다르게 이들 군인들은 훈련을 받은 자들이라 혹시라도 들킬 수도 있기 때문이다.

〈『그레이트 코리아』 제3권에서 계속〉